SÓ POR HOJE

capítulo um

Quando a campainha tocou, pensei em não atender. Era dado a essas coisas, principalmente quando estava com os prazos de tradução estourando. Já perdera a conta das vezes em que permaneci diante do computador, enquanto a campainha se esgoelava. Sequer me dava ao trabalho de espiar pelo olho mágico para saber quem estava me procurando.

Dessa vez, porém, estava preocupado com a Laís. Ela sumira havia cerca de uma semana e, como sempre, eu estava com saudade. A casa ficava vazia sem seu sorriso adolescente, sem o cheiro da sua lavanda e, acima de tudo, sem a ordem que conseguia dar a meus livros, cuja poeira tirava antes de achar um lugar adequado para eles. Também adorava vê-la na internet, trocando e-mails com os clientes e registrando seu cotidiano no blog que mantinha sempre atualizado. Foi por seu intermédio que descobri que as garotas de programa haviam entrado na era digital antes mesmo do estrondoso sucesso de Bruna Surfistinha.

– Oi – ela disse com toda sua juventude, quando abri a porta enrolado numa toalha, ainda pingando do banho que interrompera.

— Adoro a sua comida, mas juro que não estava pensando em alugar você – eu disse. — Estava pensando em convidá-la para me desculpar.

— Pensei bem. E você estava certo.

Eu estava coberto de razão quando disse que boceta de puta tem inhaca, por mais limpa que ela seja e por mais banhos que tome entre uma trepada e outra. Todos os homens que frequentam os inferninhos de Copacabana não apenas sabem disso, como também conhecem as razões para que nada consiga tirar aquele ranço, que parece vir da alma. Mesmo assim, eles não deixam de procurá-las só porque trazem dentro de si a indelével porra de assassinos sanguinários, traficantes exibicionistas, fraudadores da Previdência, cafetões espancadores de mulheres ou bissexuais que levam o vírus HIV para as mães de seus filhos. Mas só dissera aquilo porque não aguentava mais ouvi-la falar que não a comia só por ser viado. A única justificativa que encontrei para nunca tê-la agarrado foi a inhaca das bocetas penetradas por qualquer cafajeste com o bolso estufado de dinheiro.

— Mesmo assim, eu não poderia dizer aquilo naquela hora.

Lembro bem da gravidade do momento, que talvez não tenha percebido por causa do sorriso que continuava estampado em seu rosto mesmo ao falar do filho da puta do seu padrasto.

— As grandes verdades da vida podem e devem ser ditas a qualquer hora – ela disse enquanto coava o café.

Ela havia acabado de me contar sobre o dia em que o padrasto tirara seu cabacinho, quando tinha apenas treze anos.

Tomamos o café sentados à mesa ao lado da cozinha, que passava a maior parte do tempo embutida na parede.

— Eu mereci aquela grosseria — ela disse. — Acho que você esqueceu, mas eu só te falei do meu padrasto pra dizer que os únicos homens que não me comeram foram os velhos broxas, os cheiradores compulsivos e os viados. E ainda bem que você respondeu daquele jeito. Aí eu tive certeza de que você é macho. E um macho como poucos que existem na face da Terra. Nunca poderei esquecer isso. Por favor, não deixe que eu esqueça isso nunca.

Peguei a mão dela e comecei a acariciá-la. Era isso que devia ter feito quando me revelou os abusos sexuais de que foi vítima. Ela realmente estava me tirando do sério com aquela história de que sou viado, para a qual voltava desde a primeira temporada que passara lá em casa. Mas eu devia ter paciência com ela. No seu lugar, talvez pensasse a mesma coisa. E, como ela, escarneceria de um coroa que passa dias com um broto dentro de uma quitinete e não parte para dentro. Qualquer que fosse a lógica em que me baseasse, chegaria às mesmas conclusões a que ela sempre chegava, uma decorrente da outra: só fazia aquilo tudo porque a amava; e, se a amava e não a comia, era porque sou broxa ou viado. Não sei por que é mais fácil para um brasileiro dizer que tem tesão em homens do que admitir que não tem desejo.

— Acho que agora entendo por que te pego na rua todas as vezes que te vejo chapada.

— E por que você faz isso?

— Pra ouvir o que você acabou de me dizer.

Pensara muito sobre os motivos para levá-la para casa, sempre que a encontrava chapada no Lido. A primeira hipótese a que me apeguei, para usar um dos lemas da irmandade, foi a de um dependente químico estendendo a mão para um adicto

sação de encantamento que invadiu meus olhos, meu nariz, meu tato e meu coração. Minha longa abstinência sexual podia estar me deixando demasiado sensível, vendo uma beleza especial em uma mulher mais do que comum, vulgar. Mas o fato é que desde então minhas noites foram mais felizes quando tive o pretexto de desnudá-la ou apenas de lhe oferecer meu sofá-cama, em cujos lençóis deixava o cheiro de lavanda quando sumia.

Havia outras hipóteses, mas esqueci todas quando ela disse que sou um macho como poucos na face da Terra. Fazia tempo que vivia imerso num mundo de papel, restrito aos livros e às histórias de amor que traduzia simplesmente porque essa era a maneira que me ocupava menos tempo para dispor do dinheiro de que precisava para ler Gabriel García Márquez e todos os autores que fazem parte do seu universo, como Ernest Hemingway, Graham Greene, Albert Camus e Juan Rulfo, entre os muitos outros que ajudaram a consolidar o projeto literário do escritor colombiano. Laís era a única pessoa de verdade que existia em minha vida.

– Agora preciso ir – ela anunciou, quebrando o longo silêncio que se fizera desde que lhe disse que a ajudava para ouvi-la dizendo que sou um homem especial.

– Como?

– Não coma tanto assim – ela disse, recorrendo a uma velha piada sua. – Você vai engordar, desse jeito.

– Fica mais um pouco – implorei.

– Não posso, meu Tony.

– Vocês, mulheres, são todas iguais. Fazem-se necessárias na vida da gente e depois se mandam, deixando-nos morrendo de saudade.

— Me desculpe, meu lindo. Mas é que estou morrendo de vontade de dar um tequinho e foi você mesmo que me disse que não pode ficar ao lado de uma pessoa se drogando.
— Mas amanhã é Sexta-feira da Paixão.
— E daí?
— E daí que na Sexta-feira da Paixão a gente não come carne, a gente não bebe, a gente não pode cometer nenhum pecado. Minha mãe não deixava a gente sair de casa nesses dias. Principalmente depois que minha irmã quase morreu afogada nesse dia santo.
— Você tem família?
— Todo mundo tem família, Laís.
— Essa é a primeira vez que você fala de uma mãe, uma irmã, uma infância.
— Você também não gosta muito de falar do seu passado.
— Também, né? Na última vez que fui falar de um padrasto, tive que ouvir que as garotas de programa têm inhaca na alma.
— Você não disse que me desculpou?
— Tanto desculpei que prometo que quando acabar a onda e você me resgatar na praça do Lido, conto tudo sobre minha infância no Paraná.
— Por que você vai se drogar?
— Porque as drogas existem e eu sou uma drogada filha da puta.
— Só vou deixar você sair daqui se você me der uma resposta convincente.
— Se você quer saber o que vou fazer agora, eu vou me encontrar com o gringo otário.

A dificuldade que senti em me concentrar no trabalho me mostrava com clareza a razão para não desejar. O prazo que me fora dado pela editora estava vencendo e eu não conseguia imprimir a velocidade necessária, principalmente depois que entrei no capítulo sete, no qual o advogado Trent Winston e a detetive Kate Malone enfim fazem amor, o que vinham adiando com todas as forças desde que se reencontraram, algumas semanas antes. Pela primeira vez nos últimos dois anos, não estava conseguindo usar as palavras pudicas exigidas pelos leitores dessas histórias românticas, que querem cenas de sexo selvagem, mas rejeitam palavras como "pau", e expressões como "pagar um boquete". Eis um bom exemplo que vi nessa mesma história para o qual só a muito custo encontrei a solução adequada: "Quando a língua alcançou a protuberância latejante, ela soltou um grito de prazer, contraindo cada nervo de seu corpo."

Será que depois de todo esse tempo eu tinha voltado a desejar uma mulher? Era por isso que eu estava com tanta dificuldade para usar "protuberância latejante" no lugar de "xoxota molhadinha"? Neste momento, não sabia de nada. Sabia apenas que não gostaria de mudar minha vida, tranquila desde que esqueci as mulheres e seus encantos e me voltei para mim mesmo. Gosto de acordar cedo, dar uma volta de bicicleta na praia, traduzir os romances que hoje tantos assuntos me dão para conversar com a romântica Laís e, acima de tudo, ler. Tem feito dias tão azuis neste outono.

— Você parece os galãs dessas histórias — Laís me disse uma vez, logo depois que lhe expliquei como eram meus dias.

— Como assim? — perguntei, desconcertado. — Não tenho nada a ver com eles.

— Do ponto de vista material, infelizmente você não tem nada a ver com esses homens lindos, ricos e famosos com que todas as garotas de programa de Copacabana sonham quando vão pra night. Mas pode ver como todos eles têm um passado nebuloso. Todos tiveram um amor no passado que deixou os caras traumatizados, cheios de recalque assim que nem você. A diferença é que eles ficam mulherengos e você virou um bicho do mato.

Ri com uma sinceridade que não daria para negar com palavras, se tentasse. Acho que foi naquele momento que Laís se tornou uma pessoa indispensável, ainda que nem ela nem eu soubéssemos disso.

— OK, eu admito. Tive uma grande paixão no passado que deixou profundas sequelas no meu coração. Mas, se você é uma verdadeira leitora dessas histórias de amor, sabe que o herói demoraria uma eternidade para revelar seus infortúnios para a pessoa para quem enfim vai entregar seu desesperado coração. Ele só se revelaria no clímax da história, bem pertinho do fim. Nossa história está no fim?

Como boa dependente química, ela não se contentou com a primeira dose. Aproveitou o ensejo para tirar algumas dúvidas que corroíam seu estômago, tornando-se uma das compulsões inerentes a todo adicto. Desde a primeira noite, quis saber de quem eram as roupas que lhe emprestava e se elas pertenciam à morena da foto ao lado do meu computador, cujo rosto era em parte encoberto pelo beijo que eu estava lhe dando.

— Eu ficaria satisfeita se você admitisse duas coisas.

— Dependendo de que coisas são essas, a gente faz negócio.

— Quero saber se a morena da foto e a amiga das roupas são a mesma pessoa e se foi ela que deixou sequelas no seu coração.

— São só essas duas perguntas?
— Juro.
— Você jura que essas perguntas não vão ser como aqueles tequinhos de fim de noite, que você cheira com a promessa de que são os dois últimos, mas depois só vai parar no outro dia de madrugada?
— Palavra de chincheira.
— Chincheira não tem palavra.
— Você é que não tem palavra.
— Então tá. As duas são uma só e foi ela, sim, que me deixou traumatizado.
— Onde é que você vai me comer?
— Como?
— Não coma tanto assim. Vai terminar engordando e, pior, sem apetite pra me comer.
— E quem disse que eu quero comer você?
— Você não disse que fazia negócio comigo, se me dissesse as coisas que eu queria?
— Ah, eu falei sem interesse.
— Ninguém faz negócio sem interesse. Muito menos com uma GP depois de levar ela pra casa.
— Pois fique sabendo que nem fiz negócio nem te trouxe pra cá com segundas intenções.
— Já sei. Você é viado.

Aquela não foi a primeira nem a última vez que ela me chamou de viado. Sabia que mais cedo ou mais tarde iria me irritar, mas não foi por isso que cometi a indelicadeza de lhe falar da inhaca das putas quando me disse que os únicos homens que não haviam tentado comê-la foram os velhos broxas, os cheiradores compulsivos e os viados.

— Tem sido assim desde os meus 13 anos, quando o filho da puta do meu padrasto tirou o meu cabacinho.

— Pois eu não te como — disse, ignorando a gravidade da sua revelação. — Não te como porque a boceta de todas as putas tem uma inhaca que banho nenhum consegue tirar. Nunca vou botar o pinto em que mamãe passou talquinho em um buraco inhacudo, rançoso.

Talvez tenha feito isso para me livrar dela enquanto havia tempo. Antes que os desejos voltassem a tirar minha tranquilidade, minha concentração e, quem sabe, minha abstinência. Conheço muita gente que recaiu por causa de mulher. E uma recaída agora, depois de quinze anos de abstinência, seria overdose na certa.

— Caralho — gritei para as paredes, tentando voltar para o trabalho.

Resolvi reler o trecho que culminava com "a protuberância latejante". Ele falava de uma chupada que Trent dava em Kate, cuja "região mais erógena" era a parte interna das coxas. "Ele beijou a parte interna de uma das coxas e depois da outra, repetindo essas carícias entre os seus joelhos até o vórtice de suas pernas." Prometi a mim mesmo que, no dia em que voltasse a trepar com uma mulher, colocaria em prática este mais novo e edificante ensinamento. Adicionaria "longas e molhadas lambidas" aos beijos, intercalando as duas ações até "ela vislumbrar a chegada do orgasmo". Será que o gringo otário estava comendo-a assim?

A "protuberância latejante" não foi o bastante para que eu recuperasse a concentração. Logo os meus pensamentos haviam voltado para Laís, mais precisamente para o dia em que saí para dar uma volta de bicicleta no calçadão e, quando voltei, encontrei-a chorando como uma criança perdida na praia.

– O que foi que aconteceu? – perguntei, aflito.

Ela falou então de Roger, um inglês que era a cara de Hugh Grant, que conhecera na Help no verão anterior.

– Ele acabou de mandar um e-mail pra mim – disse ela, sentada ao computador no qual sempre aproveitava minhas ausências para alimentar seu blog. – Disse que eu me cuidasse, pois vem me buscar na Semana Santa. Nossa lua de mel vai ser em Búzios.

Tive uma crise de ciúme, que tentei disfarçar com uma sessão de deboches que começou com a canção da música tema do filme *Pretty Woman*.

– Por que você não vai sacanear a vovozinha?

– Porque, se ela fosse uma GP de Copa, jamais sairia pra night pensando que vai achar príncipe encantado. Se fosse uma prostituta, ela iria se dar por muito satisfeita se tivesse um bando de gringo otário disposto a pagar 100 euros por duas horas ao lado de uma mulata na margem de cá do oceano Atlântico.

– O Roger não é um gringo otário.

– Já que você quer se iludir, problema seu. Não está mais aqui quem falou.

– Escuta aqui, bichona invejosa. O mulherio todo que tá na night de Copa sonha com o príncipe gringo que vai levar pra um castelo encantado naquela geladeira que eles chamam de Europa. A gente pode ser romântica, mas ninguém ali é mané. A gente sabe tudo da putaria. Esse é o negócio da gente. E no nosso negócio rola de tudo. Rola cada serviço que você não acredita. Mas a gente não tá ali pra ficar escolhendo muito. A gente tá ali pra encarar as paradas que pintam. A gente sabe quando um vacilão só quer matar o tempo com a gente, jogando conversa fora. A gente sabe quando um homem só quer dar uma rapidinha. A gente também sabe quando ele é um viciado que só quer companhia enquanto cheira a brizola dele. A gente sabe inclusive quando um viado enrustido quer que a gente enrabe ele ou com o dedo ou com um consolo ou com a porra que seja. E a gente também sabe quando dá a sorte grande de conhecer um gringo de coração bom que nem o Roger, um inglês que só não é mais bonito que o Hugh Grant e que me fode gostoso e só está esperando o babaca do chefe dele liberar ele pra vir me buscar aqui, tá, seu invejoso?

– Búzios é o nosso lugar – eu disse, finalmente extravasando meu ciúme. – Você não podia ter marcado o encontro com o gringo otário lá.

Por absoluta falta de costume, eu evitava falar do meu passado glamouroso, das grandes festas que dava, das viagens internacionais, das mulheres que comia em troca de uma tradução ou mesmo de uma publicação, caso fossem muito gostosas. Porém, em mais de uma ocasião fizera referência a meu amor a Búzios, às saudades que tenho da Praia da Ferradurinha, do verão em que descobri o sexo, da pousada Casas Brancas que conheci no remoto verão de 1970, quando dormi com janelas abertas para um mar azul como as canções de Tim Maia. Seria lá que ficaríamos hospedados. Eu e Laís.

– Você demorou muito – ela lamentou.

– Como é que eu podia te levar antes, se você ou está de ressaca ou está na night?

– Sinto muito – ela disse.

Foi com muito esforço que desviei a conversa para um campo mais sociológico, tentando entender uma série de aspectos que envolviam a prostituição, como suas origens sociais, as expectativas de ganho mensal, tempo de vida útil. Mas o que eu queria saber mesmo era se ela amava Roger ou se ele era apenas uma pragmática possibilidade de uma vida melhor, o que, se ele de fato viesse da Inglaterra para resgatá-la das garras da prostituição, acabaria com toda e qualquer chance entre nós. Mas e a coragem?

capítulo três

A campainha tocou quando estava no meio do diálogo entre Kate Malone e Dante Moran, o investigador do FBI que estava à frente da operação de resgate do filho que, ao ser sequestrado, determinara o fim do seu casamento com Trent Winston havia dez anos e, pior do que isso, culminara com uma crise nervosa cujo final foi uma internação psiquiátrica.

"Christa Farrell é a sua filha", dissera o investigador, pondo fim ao sofrimento de Kate e enchendo os meus olhos de lágrimas.

A campainha tocou de novo. Junto com ela, violentos socos na porta.

– Tony! Abre logo essa porra, Tony!

Reconheci a voz de Laís. E previ uma merda colossal adentrando minha quitinete às três da madrugada.

– Você não ia para a sua lua de mel com o gringo otário? – disse, irônico.

Podia estar limpo há duas eternidades, mas ainda assim me sentia em perfeitas condições de fazer um diagnóstico preciso do grau de loucura em que ela estava. Já tinha mandado uns cinco gramas para dentro das ventas. Ainda aguentaria umas duas noites de cheiração até cair desmaiada na praça do Lido, esperando que a resgatasse.

— Desculpa, Tony. Eu sei que você não gosta que eu chegue aqui ligadona, mas só você pode me ajudar. Por favor, deixa eu entrar. Anda.

Dei passagem para ela, que entrou e trancou a porta com a chave normal, a papaiz e a corrente de segurança. Nunca agira assim.

— O que foi que o gringo otário te fez?

Ela foi até a parede na qual embutia a mesa de jantar, armou-a e bateu uma rapa — a primeira que eu via ao vivo e em cores em quinze anos. Soltei uma tremenda bufa.

— Meu passado — ela disse depois de mandar um lagartão para dentro do nariz.

— Que é que tem o seu passado?

— Eu não disse que ia te contar o meu passado na próxima vez que viesse aqui?

— Precisava ser ligadona às três da manhã?

— Desculpe, mas hoje é Sexta-feira da Paixão e eu odeio Sexta-feira da Paixão. Já te disse, me sinto a maior pecadora do mundo.

— Caralho, tu tá doidaça, não fala coisa com coisa.

— Deixa eu cheirar mais uma rapa que você vai entender melhor.

Lembrei dos meus velhos tempos de cheirandão. Também achava que o próximo teco deixaria as coisas mais claras e, nessa procura da terra prometida, as horas se passavam enquanto eu compulsivamente dizia que era só mais uma carreira. Só mais uminha, e explicaria o porquê de Deus, o que estamos fazendo

aqui na Terra ou qual seria a próxima revolução social impulsionada pela tecnologia.
— Tô esperando — eu disse depois que ela deu sua cafungada.
— Lembra do meu padrasto?
— O que tirou teu cabacinho?
— Ele me achou.
Meu coração gelou mais por medo de tê-lo como um rival à altura do gringo otário do que pelo grande perigo representado por esse reencontro.
— Você não tinha dito que só tem gringo otário na Help? — brinquei.
— Ele tava no Balcony. Você sabe: sempre que eu quero cheirar vou pro Balcony.
— Eu ainda não tinha percebido que você estava cheirando.
— O senhor está muito engraçadinho hoje.
— É que meu coração bate feliz quando te vê.
— Não devia.
Já conhecia Laís o bastante para saber o que significava o sumiço do seu sorriso. E temi por tudo. Inclusive pela minha abstinência.
— Não me diga que você está com medo que ele descubra que você virou GP em Copa?
— Isso é o de menos.
— Como de menos? Já imaginou se o cara conta pra tua mãe?
— Caguei pra mãe, pai, tio, irmão, avó.
— Se você está cagando pra esse povo todo, com o que é que você está preocupada então?
— Senta aí que eu te conto — disse ela começando a bater outra rapa.

Eu sentei. E esperei que ela mandasse mais uma flecha para dentro.

– Estou sentado.

Ela fez um gengival no papel que havia acabado. Foi assim que fodi com meus dentes.

– Já te contei que fui jornalista em Curitiba?

– Caralho, eu sabia que o jornalismo havia se prostituído, mas não pensei que tivesse chegado a tanto.

– A única maneira que encontrei de deixar de dar pra aquele filho da puta foi fazendo uma matéria denunciando umas paradas erradas que ele tinha na polícia. Grupo de extermínio, tá ligado? Foi a minha primeira e única matéria. A matéria teve uma tremenda repercussão no Paraná e o cara terminou em cana.

– Meus parabéns. Odeio matador. Acho matador pior que traficante.

– Só que agora...

– O cara quer vingança?

– Pior do que isso – ela disse, enfiando as mãos nos bolsos, dos quais saiu outro papel.

Tive que esperar a produção de uma nova série de dedos, que ela cheirou.

– Caralho, você não tem nada pra beber?

– Água, café, suco. É só você escolher.

– Eu quero álcool, Tony. Nem que seja puro.

– Puro?

Antes de ficar chocado, lembrei que eu mesmo bebera inúmeras caipirinhas feitas de álcool. Isso sem falar que, em uma das vezes que fui internado, no auge de uma síndrome de abstinência, cheguei a beber xampu.

— Minha irmãzinha, por que você não vai comprar uma bebida lá fora?

— Porque daqui eu só saio morta.

Resolvi eu mesmo ir buscar a bebida de que ela tanto precisava pra rebater a onda do pó. Depois pensaria numa forma de me preservar.

— Qual é a bebida que você quer?

— A primeira que você encontrar. Mas, por favor, não demora, não, tá? E toma muito cuidado, que o cara não é fácil.

A PJ estava em plena efervescência, apesar do feriado santo e de estarmos na baixa temporada. Havia de tudo naquele entroncamento social criado pela indústria do amor. Vi gringos fazendo turismo sexual, ainda que aquela área não fosse um feudo deles como o Balcony e a Help. As próprias garotas de programa eram diferentes, como uma vez Laís me fizera entender quando me explicou que não gostava do tipo patricinha das mulheres que faziam ponto no lugar, que, segundo suas palavras, mais pareciam estudantes de direito da Cândido Mendes.

Tinha passado o dia todo em casa trabalhando e, depois da estranha energia que Laís levara para dentro do meu apê, o ar da noite me fez bem. Entrei no Cervantes e pedi uma dúzia de cervejas em lata. Vi alguns amigos dos tempos de editora, que não me reconheceram ou fizeram de conta que não me viram. Tinha me acostumado com isso. Era um preço alto a pagar, mas reconhecia a dívida. Paguei a conta e retirei minha insignificância.

— E agora? — perguntei quando entrei em casa.

Laís abriu uma das latas, bebendo-a praticamente de um só gole.

— Aviso logo que esta foi a primeira e última vez que desci pra pegar e pagar bebida para a fulustreca.

Ela bebeu o resto da cerveja e amassou a lata com um olhar que era de pura ira contra mim. Mas a raiva durou pouco. Logo foi substituída por um acesso de paranoia.

— Viu o meu padrasto por aí? — ela perguntou.

— Tinha um negão de dois metros aí no corredor. Seria ele?

— O senhor está cada vez mais engraçadinho — ela disse, mal conseguindo articular a fala.

Ocorreu-me naquele momento que a história do padrasto podia ser uma ficção criada em meio a uma crise persecutória. Eu mesmo já fora vítima de uma série de crises como essa. Meu pai estava sempre por dar as caras, bem como o marido das muitas mulheres que comi no meio das noitadas. No fim da minha droga adicção, enxergava o dono da editora em todo lugar onde a princípio ia procurar a biografia de Mario de Andrade, cujos originais perdera durante uma noite em um dos morros da cidade. Prometia mundos e fundos aos bandidos para que resgatassem os originais, que haviam custado uma fortuna a minha editora e tinham sido o último trabalho do jornalista ao qual encomendara a obra, que morreu logo depois da entrega.

— Pelo amor de Deus, chefia — implorava aos bandidos.

Mas aí a gente começava a cheirar e poucas horas depois eu entrava em pânico, achando que o editor estava invadindo o barraco, acompanhado pela polícia.

— O cara quer os originais ou então o dinheiro que fiz ele gastar — eu dizia, procurando um lugar para me esconder.

Sabia, portanto, o que estava acontecendo com Laís. Também sabia que não adiantaria fazer nada. Seu padrasto só sairia de cena quando ela enfim dormisse, o que com muita sorte aconteceria lá pelas sete da manhã. Havia a possibilidade de o seu fantasma ficar uma semana por ali. Só me restava ter paciência. Ou então cair fora o quanto antes.

– Eu sei que você está achando que é paranoia, mas não é, não.

– Você estava dizendo que o seu padrasto queria mais do que vingança.

– Ele quer dinheiro.

– Que dinheiro?

A resposta só veio depois de uma nova lata entornada e mais uma fileira mandada para dentro.

– Ele tinha uns dólares em que eu passei a mão, depois que o filho da puta foi em cana.

– Por que você não devolve o dinheiro do cara?

– Porque eu gastei tudinho.

– De quanto estamos falando?

– Trezentos mil dólares.

– Minha irmã, o que foi que você fez com esse dinheiro todo?

– Cheirei.

– Cheirou?

– Qual é, Tony? Tu pode tá limpo há um tempão, mas tu também fez merda. Tenho certeza que antes de se render, você fez merda pra encher um Maracanã.

– Porra, Laís. Trezentos mil dólares é dinheiro pra caralho.

– Se eu soubesse que trezentos mil dólares são tão fáceis de gastar quanto de levar, eu hoje não estaria na night de boceta em punho.

– Não foi porque ficou dura que você virou GP.

— Fui pra night pra juntar dinheiro e ir morar com o meu pai, que está nos Estados Unidos desde que o filho da puta do melhor amigo dele encheu a cabeça dele de chifre.

— Se você quisesse morar com o seu pai nos Estados Unidos, teria guardado pelo menos o dinheiro da passagem.

— Você fala isso porque não foi você que perdeu o cabacinho com o padrasto.

Tive vontade de pegar a brizola dela e jogar no vaso, junto com a cerveja que comprara lá embaixo. Mas sabia que não faria a menor diferença. Apenas tornaria mais cara aquela noitada, pois se tentasse me livrar dos seus flagrantes, ela iria sair para comprar mais. Ainda que o padrasto estivesse na porta, cercado de seguranças com uma pistola na cintura. Nada interrompe uma crise compulsiva. Aprendera isso com meu próprio nariz.

— Dá uma olhada pelo olho mágico, pra ver se meu padrasto não tá no corredor.

Estava afastado do tratamento havia alguns anos e não tinha certeza da conduta mais adequada. Sabia, porém, que qualquer ajuda só faria efeito se ela estivesse limpa. Podia continuar arrastando corrente pela cidade, se é que posso usar uma expressão típica de NA para os adictos que entram em abstinência, mas não procuram seguir o que chamam de programa de recuperação. Porém não queria voltar para o inferno das drogas. Não acreditava mais em clínicas de recuperação de drogados, em salas de NA ou curas religiosas. Mas tinha plena convicção de que uma recaída àquela altura dos acontecimentos seria morte certa.

— Dá uma olhada no olho mágico, cara — ela insistiu. — Por favor.

Fiz o que ela pediu. Descrevi tudo o que estava vendo no corredor. Do mofo nas paredes até a poça d'água próxima ao basculante, por onde sempre entrava água da chuva.

— Eu sei o que você está pensando — ela disse quando acabei a descrição. — E a minha resposta é não.

— E o que é que eu estou pensando?

— Em condicionar uma força que você pode me dar ao meu ingresso na irmandade.

— Pois eu acho que sua vida só vai ter algum futuro no dia que você admitir que tem os mesmos problemas que a gente.

Sua resposta foi fulminante.

— Nós podemos ter os mesmos problemas, mas não acho que vocês tenham encontrado a solução.

— Qualquer coisa é melhor que o inferno.

— Você também está no inferno. Qualquer pessoa chamaria essa espelunca que você mora de inferno. Não vou fazer tanto sacrifício pra viajar do meu inferno pro seu.

— Pode ser um inferno, mas eu estou vivo.

— Você está. Mas aqueles sequelados dos grupos que você me levou estão com um pé na cova. Um está com aids, o outro com diabetes, tem um com esclerose múltipla.

Lembrei da reunião de que ela estava falando, que só fez aumentar sua resistência contra os grupos.

— A dependência química é a doença do "ainda".

— O que é isso?

— Você pode ainda não ter sido presa. Você pode ainda não ter tido uma overdose. Você pode ainda não ter contraído uma doença incurável. Mas pode ter certeza que é uma questão de tempo. A merda dessa doença é que ela não nos dá nem o direito de ser original. O final de todos é sempre o mesmo.

— Prefiro morrer a viver como aqueles sequelados.

— Eles um dia disseram a mesma coisa. Mas aí viram a cara da morte e saíram correndo pras salas. Pena que a grande maioria só faz isso quando está muito tarde, quando não tem mais vela pra queimar. Espero que você não chegue lá quando sua única ambição for a de permanecer viva.

capítulo quatro

Foi uma das noites mais pavorosas dos últimos quinze anos, em que tive que sair pelo menos três vezes para comprar cerveja e outras duas para pegar pó nas esticas das bocas que cada um dos cinco morros de Copacabana criou nas áreas de prostituição de sua jurisdição. Só consegui dormir às oito da manhã de sábado e, mesmo assim, por absoluta e total exaustão.

Laís falou, bebeu, fumou e cheirou desde a hora em que entrou lá em casa, não parando nem mesmo quando me forçou a sair. Nas vezes em que fui à procura de bebida ou droga, na volta encontrei-a falando pelos cotovelos para um interlocutor imaginário. Em todas essas ocasiões fui recebido por uma mulher com um canivete em punho, que achava que estava abrindo a porta para o Hitler que reencarnara no seu padrasto.

Apesar do meu carinho por ela e da minha compaixão pela sua doença, cheguei a pensar em botá-la para fora de casa. Não sei a razão para não ter colocado a ideia em prática. Talvez tenha ficado com medo do barraco que ela faria, remetendo-me a uma cena que vivi inúmeras vezes e que, exatamente por estar cansado dela, havia prometido a mim mesmo que jamais voltaria a protagonizar. Minha vida estava longe de ser um mar de rosas, mas pelo menos me tornara um bom vizinho e um cidadão respeitável. Orgulhava-me disso. Também é possível que tenha sentido medo de perdê-la em definitivo. Cabeça de dependente químico é igual a bunda de neném: a gente nunca sabe o que vem dela. Se Laís fosse forçada a sair de lá de casa naquele estado, poderia me respeitar ainda mais, pois os adictos têm uma consideração quase reverente pelas pessoas que conseguem impor-lhes limite e respeito. Mas podia advir dali um ódio mortal e eterno, que eu temia tanto quanto os familiares, que na literatura da irmandade são chamados de codependentes. Os codependentes não perdem uma oportunidade de agradar seus monstrinhos, ainda que por trás dessas tentativas de suborno esteja o desejo de perpetuar relações doentes.

Poderia enumerar uma série de motivos para não ter mandado Laís rapar fora, mas em momento algum acreditei no seu delírio persecutório. No máximo podia imaginar que ela estivesse mentindo para mim para cheirar seu pó num lugar mais tranquilo do que o capô de um carro ou a bancada de um banheiro imundo nas imediações do Balcony. Esta é outra previsível característica dos doidões: contam as mentiras mais sensacionais para realizar suas vontades, que são sempre imperiosas e urgentes. Não importam os obstáculos que os reizinhos drogados precisam superar.

A única variável que não considerei foi a de que o padrasto de Laís existisse e que, além de ter toda periculosidade que ela descrevera, de fato a tivesse descoberto e estivesse disposto a mover mundos e fundos para resgatar sua princesa e os dólares que ela transformara em pó na night do Rio.

– Abra a porra dessa porta – esbravejou alguém, com um humor de quem estava ali havia horas.

O cansaço da noite insone dificultou o entendimento da situação. Antes de colocar os óculos de leitura para ver as horas no relógio do celular, procurei Laís até onde os olhos podiam alcançar dentro da minha sufocante quitinete. Em seguida, levantei-me para ver se ela estaria no banheiro, onde aproveitei para dar uma mijada. Caralho, onde foi que essa mulher se meteu?

– Vou dar mais um minuto pra você abrir esta porta. Depois, vou meter a bota.

Um rápido filme passou pela cabeça exausta da noite que passei pajeando Laís. Só que as cenas dramáticas que protagonizei tinham como cenário a favela, onde a polícia reedita as práticas da ditadura militar em todas as operações que promove em seu interior. Lembrei as coronhadas que levei na testa, o dinheiro que tive de dar para não ser preso e uma série de humilhações de que fui vítima durante minha ativa. Mas tinha quase certeza de que, mesmo em uma rua como a PJ, jamais teria minha porta derrubada por um policial. Talvez a principal característica da chamada Cidade Partida é que do lado de cá a polícia tem um mínimo de respeito pela cidadania.

– Cadê a menina? – perguntou um homem cujo rosto não tive tempo de identificar, pois tão logo arrombou a porta me puxou pela beca e me jogou contra uma das estantes que ocupavam as quatro paredes da quitinete.

– Que menina? – perguntei ao cair no chão, com alguns dos meus livros.

– A que passou a noite toda cheirando aqui – disse meu algoz.

Era uma informação precisa demais para que duvidasse do poder de fogo daquele homem com cerca de um metro e oitenta e cinco, ombros largos e um par de olhos verdes que investigavam o único cômodo do apartamento. Um chute na cara levou para longe a minha ponte superior e uma eventual disposição de resistir que meu nascente amor por Laís pudesse incutir em mim.

— O senhor está falando da Laís? — perguntei com dificuldade de articular a frase por causa da ausência dos dentes.

— Que Laís, seu babaca? — ele disse enquanto me puxava pelas costas e me jogava na direção da minha mesa de trabalho.

Quando caí no chão, trazia comigo os originais do romance *Laying His Claim*, a estranha sensação de amar uma pessoa que não existia e a desagradável surpresa de descobrir que meu computador havia sumido. Apesar disso tudo, senti-me aliviado por cair ao lado da dentadura, que de imediato coloquei na boca. Perdera os dentes na ativa, mas ninguém jamais tinha me visto banguela. Nem mesmo a falecida.

— A putinha que bebeu todas essas cervejas aqui foi a Loreta.

— Me desculpe a ousadia de discordar do senhor, mas realmente teve uma putinha que bebeu um bocado de cerveja, mas o nome dela não é Loreta, não. O nome dela é Laís.

O gorila preparou um chute, que conteve na última hora. Começou então uma gargalhada que ecoou pelo corredor superlotado de vizinhos.

— Porra, cara. Tu é mesmo muito otário. Tu pega a menina no meio da praça, deixa ela durante quase uma semana na sua casa, gasta toda tua merreca comprando droga e bebida, morrendo de medo de entrar na pilha da doidona, a filha da puta leva teu computador pra trocar na boca mais próxima e tu nem o nome dela sabe.

O padrasto de Laís saiu gargalhando. Quando me senti em condições de levantar e fechar a porta, ele entrou outra vez. Estava com uma pistola prateada apontada para a minha testa. O balaço passou a dois dedos de mim e se alojou em um dos livros de Manuel Puig, que estranhamente jamais foi citado nas crônicas de Gabriel García Márquez.

– Isso é pro mané não querer dar uma de herói na hora que aquela vaca vier te pedir ajuda de novo – ele disse.

O gorila enfim sumiu e a minha casa foi invadida por vizinhos que jamais vira nos cinco anos em que morava naquela espelunca. Sentia-me envergonhado como nos meus tempos de ativa, quando fui motivo de comentários maledicentes tanto em condomínios classe A da Barra, como em prédios modernos de Ipanema, em vilas bucólicas da Tijuca ou em favelas conflagradas da Zona Norte.

O pior era a sensação de lesado pelo nome falso. O computador eu até entendia, porque ela o havia levado no auge da compulsão. Pensando como um drogado, não era de todo ilusório achar que ele seria uma espécie de garantia de que em alguma hora ela voltaria para dar o dinheiro correspondente à quantidade de droga que pegasse com o vapor de plantão. Conheço centenas de pessoas que fizeram a mesma coisa, jurando do fundo de sua alma que não estavam dando uma volta na vítima, mas apenas fazendo um empréstimo compulsório.

Mas se era fácil encontrar motivos para não acreditar que tinha sido vítima de um "Boa-noite, Cinderela", não conseguia entender a razão para que ela usasse o nome de guerra comigo, tão falso quanto os orgasmos que simula para os clientes, como os papéis que aceita representar para satisfazer as fantasias dos entediados europeus que vêm gastar seus euros com as exóticas mulatas de Copacabana ou com os obesos negros americanos, que, preconceituosos, são os principais clientes das branquelas da Help. Porra, eu tinha sido tão legal com ela, dera-lhe o melhor de mim até mesmo numa noite como a de ontem, quando me rasguei todo para não beber as cervejas que lhe trouxe ou me expus ao risco de um flagrante, atravessando a PJ cheio de pó no bolso. O mínimo que merecia era saber seu nome verdadeiro.

— Seu Tony, eu vi quando ela levou o computador — disse o porteiro.

Quase dei uma resposta a seu Manuel, perguntando-lhe então por que deixara que aquela puta fizesse isso. Mas deixei pra lá. Eu mesmo a apresentara como uma grande amiga, dizendo-lhe que sempre a deixasse entrar no prédio.

— Tudo bem, seu Manuel. Tudo bem.

O travesti do 912 fez os curativos com a compaixão de que eu precisava. Juro que, assim que conseguir ter uma ereção, vou comer aquela bichona. Mas como o desejo sexual me parecia mais distante do que nunca, resolvi me preocupar com coisas mais práticas como o resgate do meu computador. Era bastante provável que estivesse em um dos morros de Copacabana, já que os vapores das esticas próximas aos points de prostituição não deviam ter autorização para receptar mercadorias tão valiosas. Iria começar a procura pelo Chapéu, o mais próximo da PJ e onde a própria família do seu Manuel morava. Antes de sair resolvi tomar um banho e dar uma rápida geral.

Mandei incontáveis pragas para a irresponsável da Laís, que não tinha o direito de sumir com minha ferramenta de trabalho, muito menos com os arquivos que a muito custo traduzira, enquanto a saudade dela me corroía as entranhas e eu tentava matá-la com furtivas entradas no seu blog. A vida estava de cabeça para baixo, mas eu não podia esquecer que tinha um prazo a cumprir com a editora. A mulher era tão rígida que uma vez me tomou o livro, quando lhe disse que estava com LER. Não sei se intuiu que estava mentindo ou se seus *deadlines* eram mesmo inegociáveis. Eu é que não ia pagar para ver e desafiar a única pessoa que me estendera a mão, depois da minha escandalosa demissão.

Sabia que aquela era minha última oportunidade no mercado editorial e por isso não hesitei em me expor a uma recaída, o que mais cedo ou mais tarde termina acontecendo com quem fica indo ao que a literatura chama de locais de ativa. Todas as salas da irmandade têm um cartaz aconselhando o adicto a evitar tanto esses lugares como as pessoas e os comportamentos da ativa. Não estava evitando nenhum dos três desde que Laís entrou lá em casa, na última madrugada. Uma vez eu mesmo comparara esses locais, pessoas e hábitos de ativa a um filme pornô. "Não sei de ninguém que, no mínimo, não se masturbe depois de ver um monte de sacanagem", eu dizia para os novos que iam às salas, faz tempo. Era esse o tipo de gozo que eu estava procurando?

Fui direto para o Chapéu Mangueira, onde a primeira cena que vi foi um jovem morto ao lado de uma senhora que o sacolejava como se estivesse querendo acordá-lo.

– Acorda, rapaz – ela gritava. – Eu não mandei tu largar essa vida?

Não perguntei se o jovem tinha sido executado pelos bandidos ou pela polícia, ainda que tivesse tido curiosidade como as pessoas que cercavam os dois.

— Acorda, rapaz — ela continuava a gritar. — Eu não mandei tu largar essa vida?

A boca já estava funcionando normalmente. Ou ainda não tinha fechado, sei lá. Faz tempo que não acompanho essas coisas. Na minha época, a boca só funcionava depois das seis da noite. Só bocas poderosas, como a da Rocinha, não fechavam nunca.

— Pó de um, pó de cinco, pó de dez — o vapor apregoava.

Como a grande maioria do país, tomara conhecimento do feirão do pó por intermédio das matérias do jornalista Tim Lopes. Mas houve um detalhe no pregão do Chapéu que, pelo menos na minha época, não existia e que me pareceu revelador de uma nova realidade no tráfico de drogas. Foi o papel de um real. Ele era um claro sinal de que, depois de fornecer para os bandidos mortos em escala industrial na guerra do tráfico, o povo pobre da favela havia se tornado um importante cliente da boca de fumo. Era o pior dos mundos, pensei. Talvez estivesse ali a razão para a ruptura do velho pacto entre comunidade e boca de fumo. Esse pacto havia sido selado pela lógica do crime, que não resistiria à voracidade do vício.

— Chefia, sou morador da PJ — eu disse para um dos vapores. — Uma vagabunda me deu um "Boa-noite, Cinderela" e, quando acordei, não encontrei meu computador. Não quero criar problema, não. Só quero saber se ela deixou aqui. Pago o preço que vocês pedirem.

O vapor pegou o nextel e explicou a situação para um dos seus superiores hierárquicos.

— Tua parada não tá aqui, não, coroa — o vapor me disse ao final da consulta.

Agradeci e fui até o Tabajaras, o morro pelo qual devia ter começado minha peregrinação. O Tabá é o morro mais próximo do Balcony.

— Quem é vivo sempre aparece — Duda disse, completamente torto.

Ver Duda num botequim na entrada do morro me deixou tão chocado como a cena da mãe tentando acordar o filho morto no Chapéu Mangueira.

— Que é que você está fazendo aqui, cara? — perguntei.

Duda era um dos três mosqueteiros da Junqueira Editores. Os três mosqueteiros, como na obra do escritor francês Alexandre Dumas, eram quatro. O mais importante deles era o Tavinho, que conhecemos nos tempos do Colégio Pedro II e ao lado de quem assumimos a Junqueira Editores que ele herdou por um infeliz lance do destino que custara a vida do seu irmão Rogério. O outro mosqueteiro era Cid. Duda sempre foi o patinho feio da turma, mas talvez por isso mesmo fosse o único que continuava trabalhando com Tavinho. Primeiro ele conspirou para me destruir e, como Cid ocupara o lugar que deixei vago na Junqueira e no coração de Tavinho, não descansou enquanto não descobriu o motivo para arrasá-lo. Sua perseguição a Cid se tornou ainda mais implacável quando soube que meu sucessor comeu sua mulher no banheiro do NA, enquanto ele falava da felicidade da sua vida conjugal na cabeceira da mesa. Só terminou quando o botou na cadeia.

— Vai? — ele perguntou, mostrando o espelho com algumas linhas.

— Vai fundo, irmão. Vim aqui atrás de outra parada.

Fui na direção da boca. Mesmo muito preocupado com meu computador, não conseguia tirar o Duda da cabeça. Soubera da sua recente recaída, o que no fundo me deixara feliz. Mas na prática a teoria é outra, como se diz por aí. Por todas as razões, Duda foi a pessoa mais importante da minha vida e eu estava chocado por vê-lo morder as orelhas. Tínhamos tantas afinidades, que viramos rivais. Fizemos uma parceria infernal, graças à qual primeiro nos impusemos no Pedro II, depois na faculdade de jornalismo e por fim na própria Junqueira. Que coisa impressionante era o poder da droga, pensei. Não era de todo delirante a maneira como brindávamos cada uma das nossas seguidas vitórias, dizendo que o céu era o limite. Tínhamos tudo para conquistar o mundo e hoje não temos sequer memória para contar o que poderíamos ter sido.

– Você me desculpa, Tony? Você me desculpa?

Era Laís. Estava ajoelhada na frente de um dos vapores da boca. O cara estava com uma pistola na testa dela.

– Minha irmã, eu não falei pra tu fechar a porra dessa matraca? – o vapor disse.

– Você veio me buscar, não foi, Tony? Eu sempre soube que você é o meu herói.

Vi meu computador. Respirei aliviado. Era o que a irmandade chamaria de poder superior me dando mais uma chance para voltar para as salas. Ele me mandara um óbvio sinal por intermédio do Duda, que começara a se drogar junto comigo, ficara limpo mais ou menos na mesma época que eu e agora estava ali, pernoitado no Tabá. Não é à toa que os companheiros o chamam de amantíssimo. Ele está ali, pronto para estender a mão. Não se agarra a ela quem não quer.

– Diz pra ele, Tony. Diz que eu sou sua Kate Malone e que você é o meu Trent Winston.

Tentei não olhar para ela, mais por medo de sentir compaixão do que de me lembrar da ira que senti quando descobri que recebia o mesmo tratamento que qualquer negão do Kentucky com 100 dólares para gastar na Help e um pau duro para encher sua boca de porra.

— Tu veio pegar a peça? — o vapor perguntou.
— Aquele computador é meu.
— Tu tem quanto pra perder?
— Nada.
— Se tu não tem nada pra perder, a gente vai ter que travar a Kate ali.
— Azar o de vocês.
— Não acredito que tô ouvindo isso do meu Trent.

Eu também não acreditava que estivesse dizendo aquilo. Mas para facilitar a interpretação daquele personagem cruel, passei a mão no curativo que a traveca do meu prédio fizera. Estava doendo pra caralho. Mais até do que saber que Laís era Loreta.

— Deixa 500 contos aí que tá tudo certo, coroa.
— Já dei mais do que isso quando fui comprar na loja.
— Trent, nosso amor vale muito mais do que isso.

Continuava fazendo de conta que ela não existia. Tinha medo de ser traído por um olhar. Sempre gostei de mulheres submissas.

— Tu não vai querer que os homens tampem o morro só porque uma vacilona roubou na vizinhança — eu disse.
— O pobrema é que a piranha aí cheira mais que um tamanduá.
— Bom pra vocês. Vendem mais.
— O pobrema é que ela tá no osso.

— Vocês não dividem o lucro comigo. Também não vou rachar o prejuízo.

— Tu tá cheio de marra, coroa.

— Marra, nada, meu irmão. Se tu não entende a lei do morro, deixa eu falar com o gerente, que ele deve saber que otário não se mete em parada de bandido e bandido não atravessa caminho de otário. O proceder sempre foi esse. Se mudou, não me avisaram.

— Tony, seu filho da puta. Você não vai fazer isso comigo depois de tudo que a gente viveu junto.

— Caralho, coroa. Se tu levar essa cachorra daqui agorinha mesmo, eu te dou o computador pelos 200 contos que essa louca me pediu.

— Por favor, Trent.

Pensei no décimo segundo passo de NA, que sugeria que levássemos a mensagem da irmandade para os adictos que sofrem. Mas, com toda sinceridade, só tive compaixão pelo meu pau, que mais uma vez dava pequenos sinais de vida na frente daquela putinha sem-vergonha. E fazia muito tempo que meu pau estava morto. Praticamente o enterrara junto com Ângela.

— E aí, coroa? Mando a piranha pra vala ou tu vai sumir com a peça daqui?

Era um tesão perverso, como o que senti pela minha última mulher depois que descobrimos o suingue nos inferninhos de Copacabana. E que só vinha depois de sentimentos de raiva e traição como os que experimentei quando descobri que Laís na verdade era Loreta. Eram trepadas maravilhosas.

— Dá um dez aí, que eu vou buscar os 200 contos.

— Oh, Tony. Eu sempre soube que você era o Trent da minha vida.

Ela se levantou e me ofereceu uma desagradável mistura de lágrimas, sorrisos, abraços, beijos, suores e xixis. Agi do mesmo modo com Ângela, no dia em que fui resgatá-la no Cerro Corá, onde os bandidos a mantiveram durante três dias por causa de uma conta que ela não tinha como pagar. A diferença é que ela teve que dar para a boca toda.

– Leva logo a peça, coroa. Se não, quando tu voltar, ela já vai ter virado comida pros porcos. E, por favor, deixa ela lá embaixo quando tu for subir pra panhar a mercadoria.

Loreta tinha o mesmo corpo que Ângela, pensei enquanto me livrava dela. A repulsa também era muito parecida com a que sentia no fim de nossas jornadas de cheiração, quando o primeiro beijo que dava em sua boceta era cheio de cuspe para evitar o inevitável ranço de xixi das chincheiras, que sempre achei pior do que a inhaca das putas. Foi assim na última noite que passamos juntos, em que chapei depois de dar uma gozada espetacular, e ela continuou ligadaça.

– Depois neguinho fica dizendo que vida de bandido é mole. Caralho, quando ouço esse tipo de vacilação tenho vontade de chamar o cara pra dar um plantão na boca. Porque o foda não é ser esculachado pelos vermes. O foda não é trocar tiro quando os alemão bota olha gordo nas paradinhas da gente. Foda mesmo é aguentar essas piranhas alugando teu ouvido uma noite inteira. Aí, na moral. Eu termino o plantão pensando em virar crente. Só Jesus.

Será que eu ia ver uma mulher gozando com meu pau depois de quinze anos sem tesão nem pra me masturbar?

capítulo cinco

Quando desci a Ladeira dos Tabajaras, lembrei de uma imagem usada com frequência nas salas. Falo dos eletrocardiogramas, que registram os altos e baixos do coração, suas idas e vindas, sua abençoada inconstância. Essa instabilidade dos sentimentos é a maior prova de que estamos vivos, dizem os companheiros quando dão retorno às angustiadas partilhas que relatam a dificuldade de navegar nos mares agitados do cotidiano. Talvez tenha sido por essa razão que me afastei da irmandade e mergulhei na paz da minha quitinete, onde a certeza de dias iguais foi, durante anos, a maior garantia de uma vida sóbria, serena e abstêmia. Podia deixar de lado os livros que traduzia e os que lia, quando os mesmos me deixavam enjoado com emoções mais fortes. Um café na padaria da esquina era o bastante para voltar à normalidade.

– Tony, seu filho da puta – Laís disse baixinho, sem ousar fazer um novo barraco no Tabá. – Você vai pagar pelo que me fez passar.

Estava com uma vontade louca de cheirar, como havia muitos anos não sentia. Acho que tinha perdido o hábito de lidar com emoções fortes. Não sabia o que fazer com elas. Só me ocorriam soluções velhas como entupir as narinas de cocaína, encher a lata de cachaça ou fumar até estourar o peito. Se não tivesse visto Duda no pé do morro, recairia ali mesmo. A única interdição foi o lamentável estado em que ele se encontrava. Estava mais atento do que nunca. Não tinha a menor ideia de quais tinham sido seus motivos para mergulhar no precipício. Mas lembrava-me das reuniões em que ele falou do seu desencanto com o tratamento, dizendo que ninguém ali tinha nada para lhe acrescentar. Eu fui uma das pessoas que o abordaram, dizendo que a irmandade não era uma experiência intelectual, em que a gente tinha professores ou gurus. Mas alguns anos depois também me afastei das salas, ainda que não tivesse usado argumentos tão pretensiosos como os dele. Só queria ficar sozinho. Talvez tivesse esquecido de que a reclusão faz parte do mesmo quadro apresentado por Duda. O excesso de humildade e o excesso de arrogância são idênticos na medida em que nos impedem de interagir com os outros. Caralho, tinha que voltar correndo para as salas. Podia estar cansado das frustrações inerentes a quem deseja. Mas não queria voltar para as drogas.

— A gente discute isso lá embaixo, Loreta — eu disse de pura maldade, sabendo que aquela revelação iria deixá-la paranoica.

— Quem foi que disse que meu nome é Loreta? — ela perguntou, tão perturbada como eu imaginara.

Pensei em falar que seu padrasto estava muito mais perto do que ela imaginava. Mas isso só ia piorar a situação. E qualquer complicação adicional me levaria à recaída.

— Já disse, a gente conversa isso lá embaixo. Agora tenho que tirar meu computador da mão daquele bandido.

— Eu deixei meus documentos na tua casa?

Sabia que ela estava tentando negar a presença do perigo, que era muito maior do que temera ao longo da madrugada anterior. Mas só conseguia fazer frente a minha própria confusão mental estabelecendo hierarquias, definindo prioridades, fixando-me ao básico. E meu principal objetivo era cair fora dali. Com o computador.

— Lá embaixo eu te explico tudo.

O pensamento fugia como uma bola de pinball, indo do dia em que os bandidos me devolveram Ângela para o nome falso de Laís, passando pelos chutes que levei do seu padrasto estuprador e pelas leis do tráfico que aleguei para recuperar meu computador, que por outro lado me impediam de quebrar a cara daquela putinha ali mesmo, nas sinistras vielas do Tabá. Por que ela não me falou do encontro com o gringo otário?

— Ninguém no Rio sabe que meu nome é Loreta — ela disse, tateando a verdade, assustada.

Era por isso que evitava cada vez mais as pessoas, eu me dizia enquanto tentava administrar o turbilhão de emoções que chacoalhavam meu estômago e descia os Tabajaras. Se não tivesse me envolvido com ela, minha abstinência não estaria correndo tanto risco. Foi por ter baixado a guarda que me expusera a todos os perigos enumerados no banner pendurado por trás da mesa de qualquer sala, que diz que se devem evitar a mentira, a raiva, o ressentimento e a crítica, além dos locais, pessoas e hábitos de ativa. Para que fui me meter com Laís?

— Só pode ter sido meu padrasto.

Senti uma fisgada na boca, onde com certeza teria que levar pontos. Cuspi um pouco de sangue.

— Não me diga que o filho da puta do meu padrasto te achou?

Não confirmei, nem desmenti. Computador, eu repetia como se estivesse recitando um mantra para mim mesmo. Só ele poderia evitar minha recaída, eu dizia para mim mesmo, como uma forma de evitar as sensações que a presença de Laís despertava em mim e, como não?, as lembranças trazidas à tona quando comecei a oscilar entre o pânico e a compaixão pelo sofrimento que seu comportamento me causara. Vou despachar essa figura e voltar para minhas inofensivas histórias de amor. Foi assim que consegui ficar abstêmio de tudo, eu tentava me convencer antes que fosse tarde demais. Inclusive daquele amor doente que Laís me oferecia, que me deixava tão confuso como com Ângela. Renúncia é a palavra-chave dos primeiros anos de tratamento, que têm como objetivo nos preservar de eventuais, temidas e sempre possíveis recaídas. Precisava voltar para as salas com urgência.

– Fique aqui – eu disse na porta de um botequim no pé do morro, depois de pegar dinheiro no caixa eletrônico. – Vou pegar meu computador lá em cima de táxi. Se você não estiver aqui quando eu voltar, problema seu.

– Traz um papel de dez pra mim? – ela pediu com o olhar mendigo que fazem todos os adictos no meio de uma crise compulsiva.

Aquele pedido me deixou mais chocado do que todos os outros acontecimentos da noite. Parecia-me insano que uma pessoa cuja vida esteve por um fio pelo menos duas vezes em apenas uma noite ainda pudesse estar pensando em droga. Mas essa era a doença da adicção ao vivo e em cores. Essa era nossa doença.

– Tu não toma jeito mesmo, né, mulher? – eu disse com ironia, sentindo os primeiros respingos de uma onda de compaixão.

Nunca prestei os serviços que a irmandade acredita como fundamentais para a continuidade do tratamento, por intermédio dos quais a gente dá de graça aquilo que recebeu de graça. Mas entendi a razão para o minuto de silêncio que antecede a oração da serenidade, na qual pensamos no adicto que ainda sofre fora das salas. Não era à toa que o vapor pensava em se converter ao final de cada plantão na boca. Seu desprezo pelos viciados era um sinal de que a boca de fumo estava ficando igual aos botequins, onde os balconistas não apenas vendiam bebida para seus pinguços, como tinham que ser solidários a sua dor.

– Só unzinho, vai?

Sabia que ia trazer o papel que estava me pedindo, ainda que não quisesse e tivesse consciência de que estava apenas adiando o momento em que teria de intervir, interrompendo sua compulsão pela droga.

– Já disse e não vou repetir – alertei quando entrei no táxi.

– Se sumir, problema seu.

Quando voltei com o computador e o papel que ela pedira, vi-a conversando com Duda. Temi pelo pior.

– Minha irmã, eu trouxe sua parada – eu disse. – Mas esse foi o último dos últimos.

Ela bateu algumas carreiras no capô do carro, que cheirou com Duda e o motorista.

– Prado Júnior – eu disse quando acabaram.

Estava preocupado com o computador e queria colocá-lo em um lugar seguro antes que a gente levasse um bote da polícia, que àquela altura devia estar correndo os morros com o padrasto de Laís. Arrependi-me de não ter prestado a devida atenção no que imaginei ser um delírio persecutório, mas a capacidade de levantar nossa ficha em apenas uma madrugada era um sinal inequívoco das estreitas relações do padrasto de Laís com a polícia carioca.

— Dona Helena sempre perguntava por você — Duda disse antes de o carro arrancar.

— Perguntou por você até no dia que morreu.

O táxi seguiu na direção da Nossa Senhora de Copacabana, pegou a esquerda e foi para o Leme. Pensei em Dona Helena Junqueira, a mãe de Tavinho. Devia muita coisa àquela mulher, ainda que sempre tivesse tido a consciência de que investira na minha amizade com seu filho porque o rejeitava e, para se eximir da culpa por não conseguir amá-lo, sentia-se na obrigação de lhe prover uma fonte de afeto. Essa fonte de afeto era eu.

— Você disse que ia me explicar o que aconteceu quando chegasse aqui embaixo — Laís disse, tentando se impor às minhas lembranças.

Apontei com o queixo para o motorista, alertando-a. Ainda bem que ela entendeu que aquele não seria o local mais adequado para conversarmos sobre seu padrasto. A inquietação de Laís disputava um lugar com as memórias de Dona Helena, a matriarca dos Junqueira que me introduzira nas rodas literárias que giravam em torno da mansão da Gávea, que iam a suas grandes festas, que não perdiam as noites de autógrafo. Esse era o preço que eu tinha que pagar para dar atenção a Otávio Junqueira, o pobre menino rico do Pedro II. O preço era justo.

— É aquele prédio ali — disse para o motorista quando ele entrou na PJ.

— Eu vou com você — Laís disse quando o carro parou.

Será que o gringo otário existia? Pensei que o padrasto dela no mínimo tinha deixado um olheiro nas imediações do prédio.

Por que não fui ao enterro dela? Me expus demais com aquele vapor na boca.

— Acho melhor você ficar aí — alertei.

— Pelo amor de Deus, não me deixa sozinha aqui.

Não sei ao certo se estava querendo poupá-la de um novo ataque de paranoia ou se, pelo contrário, queria que se fodesse de uma vez por todas com um flagrante que me parecia inevitável. Iria entregá-la de bandeja a um monstro só porque ela ia para Búzios com o gringo otário?

— Você é que sabe — eu disse, pegando o computador dentro do qual estava o trabalho que me manteria longe dos perigos que ela representava para mim.

Paguei o táxi e fui à procura de seu Manuel, que fez uma cara de esses-homens-são-mesmo-uns-otários quando me viu acompanhado de Laís. Ele não disse uma palavra quando lhe pedi que guardasse o computador no seu quarto, o único lugar seguro que me ocorreu. Conseguia imaginar o padrasto de Laís invadindo meu apartamento mais uma vez, mas não o via incomodando o porteiro do prédio.

— Por que você não deixa o computador lá em cima? — Laís perguntou.

Embora tivesse medo tanto de uma nova crise persecutória como de trazer à baila o massacre da manhã daquele dia e o enjoo que me provocara saber seu verdadeiro nome, não dava para continuar evitando o assunto padrasto. Se não fosse direto ao ponto, correria o risco de voltar a ser refém de sua compulsão, como ocorrera na última madrugada. Se a gente subisse, ela ficaria me manipulando para conseguir mais cocaína até ser vencida pela exaustão. Somente a verdade poderia fazer mudá-la de ideia.

– Porque tenho medo de que o gorila do seu padrasto quebre meu apartamento mais uma vez!
– Mais uma vez?
– Mais uma vez. Ela pegou na minha mão e saiu me puxando na direção da portaria.
– Caralho, como é que você não me conta um negócio desses?

Pensei em começar a espancá-la ali mesmo, mas o ódio de tudo fez com que meu pau ficasse duro e tive mais medo da minha ereção do que do gorila do padrasto, de suas mentiras e de uma recaída. Ângela também tinha o poder de me tirar do sério, mais ainda nos períodos em que me propunha a parar de me drogar e ela começava a cheirar lá em casa. Durante anos, eu me perguntei se ela não me provocava deliberadamente, sabendo que não apenas ficaria louco a ponto de partir para cima dela, mas que no fim de tudo iríamos fazer o único tipo de sexo que nos dava prazer. Não sabia se aquela pancadona na minha frente era Laís ou Loreta. Sabia apenas que não queria uma nova Ângela em minha vida.

– Não sei. A única coisa que eu sei é que você está me enlouquecendo. Quero você longe da minha vida.

Sentia-me o próprio codependente, vivendo a doença dela por tabela. Nossos vínculos eram tão fictícios quanto o nome que me deu, mas, ainda assim, me via no mesmo beco sem saída que ela. Aquele círculo vicioso tinha de ser rompido de alguma forma. Talvez a única saída que estivesse me ocorrendo fosse entregá-la ao padrasto.

– Me leva pra Rocinha? – ela pediu, pegando no meu pau.
– O pó de vinte lá tá o bicho.

Eu ri. E lembrei do meu fundo de poço. Como nas histórias de amor que traduzia e que ela tanto gostava de ler, podiam mudar o cenário e os personagens, mas o script era igualzinho. Perdi a conta do número de vezes em que uma nova cafungada era muito mais importante do que minha própria vida.

– Rocinha um caralho – retruquei.
– Você prefere o Chapéu?
– Pinel.
– Eu não quero ir pra aquele lugar que só tem maluco bebendo xixi e comendo cocô.

Voltei a rir, agora com mais estardalhaço.
– Pois saiba que esse é o fim de todo adicto – eu disse.
– Se você tentar me levar pro Pinel, eu abro a porta e me jogo com o carro em movimento – ela ameaçou.
– Você pode ficar aqui mesmo.
– Olha que eu fico – ela ameaçou.
– Dê lembranças ao seu padrasto – eu disse, indo para a rua. – Diga a ele que adorei a visita. Não esqueça de dar meu cartão para ele.

Ela veio atrás de mim e logo estava me puxando para dentro de um táxi.
– Rocinha – ela disse.
– Pinel – eu disse antes que o motorista arrancasse.
– Rocinha – ela insistiu.
– Pinel – impus.
– Ou vocês param de frescura agora mesmo ou rapam fora do meu carro – o motorista ameaçou.

Fiz menção de sair do táxi, mas dei um safanão no motorista e assumi o volante.

— Rock and roll — ela gritou quando me viu arrancar a toda velocidade. — Irado, Trent.

Seu entusiasmo deu lugar a um ódio parricida quando me viu entrar à esquerda na Atlântica, indo na direção da Princesa Isabel.

— Pare esta merda, seu filho da puta broxa.

Sentei o pé no acelerador, apesar das porradas que ela começou a me dar. Velocidade e violência sempre foram picantes afrodisíacos. Ia agarrar Laís ali?

— Vai ser só por um dia ou dois — eu disse, não sei se para convencer a ela ou a mim. — Juro que vou arrumar um lugar melhor pra você.

Quando estacionei no Pinel, ela deu início à crise nervosa que facilitou sobremaneira sua internação.

— Me solta, seu viado invejoso — ela gritou quando tentei levá-la para dentro da clínica.

Rolamos pelo chão como dois colegiais brigando no pátio do recreio, chamando a atenção de um segurança do hospital. Seu lamentável estado dispensou maiores explicações de minha parte.

— Me solta, seu filho da puta — ela gritou, quando ele interveio.

Quando entrei no hospital, ela já estava sedada. Preenchi os formulários e no espaço reservado ao estado civil assinalei a opção "casado" com o máximo de convicção. Sabia que daquele momento em diante nossas vidas estariam entrelaçadas para sempre. Era o mínimo que podia fazer por uma mulher que conseguia ressuscitar meu pau depois de quinze longos anos.

Não me importavam o confronto com seu padrasto ou a possibilidade de voltar a ser um péssimo vizinho. A única coisa que contava era a espetacular ereção que tentei disfarçar enquanto conversava com a recepcionista.

— Eu não queria ficar com esses malucos que bebem xixi e comem cocô — ela disse ao ser encaminhada para a ala dos drogados, antes de o sossega-leão fazer efeito. — Eu queria que você me levasse pra Rocinha.

Fazia quinze anos que havia começado minha abstinência exatamente naquele lugar. Vinha de uma longa reportagem sobre o universo da adicção, cujo processo de apuração mostrou a gravidade da minha doença, uma das que mais matam no mundo e com certeza a que mais desmoraliza. Aquela matéria, vetada pelo editor antes mesmo que a lesse, foi o último vestígio de lucidez de minha parte. Depois dela, fiquei tão fodido que nem percebi quando eu mesmo comecei a beber xixi e a comer cocô.

capítulo seis

Saí do Pinel para desovar o táxi que havia roubado na PJ. Era de uma cooperativa, cujo número de telefone estava afixado na própria lataria.

— Horto Táxi, boa-tarde — disse uma voz feminina do outro lado da linha.

— Queria dizer que o carro 82 se encontra na Praia Vermelha.

Desliguei e fui andando até o GATA, primeiro grupo de Narcóticos Anônimos do Brasil, criado em 1985 ainda sob a bandeira de Toxicômanos Anônimos, localizado na Igreja de Santa Terezinha, entre o Rio Sul e o Túnel Novo.

Tive problemas com o GATA, que, no meu entender, era rígido a ponto de me oferecer a ficha branca quando ingressei na irmandade, sendo que eu já tinha cinco anos de tratamento ambulatorial na Vila Serena. Aceitei porque naquele momento estava sem dinheiro para me tratar numa clínica particular. Mas meu grupo de escolha foi o Copacabana, cujos principais líderes eram seguidores do velho Araújo, um negro nordestino que morreu no primeiro semestre de 2005 depois de dedicar cerca de 30 anos à causa da recuperação. O velho Araújo sempre foi um transgressor. Enfrentou uma séria resistência dentro de Alcoólicos Anônimos por acolher a primeira geração de toxicômanos em recuperação, que dedicavam suas partilhas aos problemas que tinham não com a bebida, mas com o pico, a cocaína e o LSD. Quando entrei no grupo Copacabana, recebi uma ficha correspondente ao número de anos em que estava limpo.

Por coincidência, o GATA era a sala aberta mais próxima de mim, e ainda que não fosse, seria lá que iria procurar socorro naquela hora. Precisava ver meu velho amigo Cid, um dos três mosqueteiros da Junqueira e um companheiro dos velhos tempos de Vila Serena, clínica na qual fiz o tratamento ambulatorial depois da minha internação no Pinel.

— Que agradável surpresa — disse Cid, que estava se preparando para a reunião das 18h, que ele secretariava.

Não via Cid havia anos — desde que fora preso, acusado de comandar a rede de camelôs que pirateava os principais livros lançados no mercado, vendendo-os em bancas montadas no Centro do Rio. Tinha o mesmo sorriso amplo e cativante do Pedro II, quando fomos apresentados por Duda. Recebeu-me com tanta simpatia que só percebi sua quase obesidade quando me deu um forte abraço.

— Preciso da sua ajuda — eu disse.

Ele estava terminando de arrumar a sala com uma menina que, apesar dos seus mais de 100 quilos, parecia enfeitiçada por ele. Lembrei então que sempre foi um grande sedutor. Tinha uma disputa particular com Tavinho, que, como ele, não respeitava nenhuma interdição a uma conquista amorosa. Também era lido, mas não foi à toa que assumiu a produção gráfica da Junqueira.

— Pode ser depois da reunião? — ele perguntou.

Sabia que ia dizer isso. No caso dele, agiria da mesma forma. Era uma forma de abordagem, ainda que não estivesse ingressando ou reingressando. Do ponto de vista de uma pessoa que continuava frequentando as salas, eu no mínimo seria uma presa fácil para o que chamamos de "o mundo lá fora", pois, como diz o velho ditado incorporado à sabedoria dos anônimos, "caititu fora da manada, vira comida de onça". O programa é para ser seguido por toda a vida, ainda que a premissa básica seja a de um dia de cada vez. Esquecemos com muita facilidade que a nossa doença, como a diabetes e a aids, é incurável. Mas ainda que possamos controlar seus sintomas a ponto de nós mesmos não sabermos que somos adictos, jamais vamos debelá-la. Ou nos sujeitamos ao vício ou ao tratamento. Não há caminhos alternativos. Duda tentou descobri-los e agora está lá, pernoitado no Tabá.

— Bem-vindos ao grupo GATA de Narcóticos Anônimos — ele leu, dando início à reunião. — Narcóticos Anônimos é uma irmandade sem fins lucrativos, de homens e mulheres para quem as drogas se tornaram um problema maior.

Veio então a oração da serenidade, que a sala rezou de mãos dadas depois de dedicar um minuto de silêncio aos adictos que ainda sofrem do lado de fora.

— Deus — dissemos em uníssono —, conceda-nos serenidade para aceitar as coisas que não podemos modificar, coragem para modificar as que podemos e sabedoria para reconhecer a diferença. Só por hoje.

No começo da reunião, tive dificuldade para me concentrar. Ouvi apenas alguns trechos do depoimento de André, que estava indo a sua primeira sala e não entendia a razão para que todos o considerassem a pessoa mais importante ali dentro, quando até aquele momento vinha sendo evitado pelos amigos, abandonado pelos familiares, temido pelos pedestres que passavam em frente à calçada na qual dormia e escorraçado pelos moradores do prédio em cuja marquise procurava abrigo.

– Obrigado pela forma como estão me recebendo – ele disse, emocionado.

Como no início do meu tratamento, achei pura demagogia a longa série de boas-vindas dadas a ele. Mas André era a lembrança do que fôramos até chegarmos ali e por isso todos lhe eram tão gratos, pois sem ela tendíamos a negar as esquinas por que passamos até chegar a uma sala de NA. De alguma forma, somos como os judeus, que não perdem uma oportunidade de invadir a mídia com as memórias do Holocausto. Só confunde essa espécie de culto ao passado com um mórbido exercício de masoquismo quem ignora o mote "lembrar para não repetir". Por isso que uma das tradições mais importantes e cultuadas é a quinta, segundo a qual "cada grupo tem apenas um único propósito primordial – levar a mensagem para o adicto que ainda sofre". O contato com os Andrés da vida é o mais forte estímulo para que não sejamos um novo André.

Também ignorei a vergonha de Rogério, um típico cai-cai que estava retornando às salas depois de alguns dias cheirando todas, interrompendo um período de sessenta dias limpo.

– É que você não se rendeu à doença – acusou um dos companheiros, dando um retorno duro que a literatura está longe de sugerir, mas que na prática as pessoas têm mais dificuldade de evitar do que a famosa primeira dose.

Enquanto Rogério tentava explicar os motivos do seu fracasso, fiz uma longa viagem no tempo. E parei no momento em que comecei a me afastar das salas, que de alguma forma se assemelhava ao fracasso de Rogério, embora aparentemente fosse diferente. Consegui, até com um certo brilho, superar a fase em que ele se encontrava, fracassando na primeira e fundamental prova de fogo. Fiquei muitos anos limpo dentro e fora da irmandade, mas me sentia muito mais nocivo a ela do que o pirralho do Rogério. Não conseguia fazer a reformulação interna tida não apenas como o foco da recuperação, mas como a própria garantia de uma vida sóbria para todo o sempre. Dizíamos todos: "A gente não para de se drogar para continuar roubando cavalos."

Eu fazia tudo certo ou, como o cai-cai do Rogério, pelo menos tinha a impressão de que fazia. Eu me determinava a mudar as coisas, criando estratégias infalíveis, me aproximando das pessoas certas e frequentando os lugares adequados para um intelectual que pretende voltar ao mercado de bens e serviços culturais. Mas o resgate de uma pessoa queimada como eu é tão ou mais dramático do que a tentativa de salvamento das vítimas de um incêndio real, como o do Joelma ou do Andorinha. O pior de tudo é que meu caso não comove ninguém, não desperta o interesse da mídia, e ninguém jamais fundaria uma ONG para cuidar de mim.

Foi depois de fazer planos mirabolantes e me frustrar com cada um deles, que comecei a desistir de tudo e a me afastar do grupo, das salas e da programação. Não podia acreditar que o melhor estava por vir quando, com dez anos de abstinência, ia para o grupo correndo não porque gostasse de praticar esporte, mas porque não tinha dinheiro para pagar a passagem de ônibus. Eu sonhava com férias ao sol de Itacaré ou com as vorazes prostitutas tailandesas, mas essas doces fantasias não resistiam a uma noite insone por causa da inflamação na gengiva que já me custara vários dentes. Eu era motivo de vergonha para a irmandade. Ou uma prova de que ela não servia para porra nenhuma.

Lembro ainda hoje do oitavo e do nono passos, que sugerem que façamos uma lista de todas as pessoas que prejudicamos e façamos reparações diretas a elas.

— Vou precisar de uma lista telefônica e do código penal — disse para meu padrinho quando me prontifiquei a dar esses passos.

Ele riu antes de dizer que o momento era sério demais para ficar de sacanagem.

Deixei as brincadeiras de lado e arregacei as mangas. Mas ainda que adotasse jornadas coreanas para dar esses passos, sempre soube que jamais conseguiria recuperar o prestígio que um dia tive no mercado editorial. Conhecia-o bem demais para me iludir com uma reentrada em um campo de trabalho tão paroquial, cuja razão de ser é dar publicidade a todos os seus feitos, sejam eles grandes conquistas como um prêmio nacional ou derrotas como o fracasso de uma coleção.

Todo mundo sabia as merdas que eu tinha feito com o meu velho amigo Otávio Junqueira, que, para o mercado, era doutor Junqueira e para mim, Tavinho. Quando herdou o império do pai, ele iniciou o processo de modernização do grupo com a contratação de seu velho amigo de infância, das preguiçosas tardes no Posto Nove e do que na época chamávamos de farra, mas que depois vi como os primórdios da nossa adicção. Se minha doença não respeitara o mano Tavinho, imagina o que não faria trabalhando na editora de um estranho.

Tive que mudar de profissão depois das inúmeras mensagens que deixei com gentis e criativas secretárias, que têm uma capacidade quase infinita de inventar desculpas para que seu chefe não atenda uma ligação. Soube então que um fazia muitas reuniões com autores internacionais, outro comprava muitas editoras, um terceiro ia a muitas feiras de livros. Ninguém me atendeu. Nem mesmo aqueles com os quais tomei vinho entre um lançamento e outro dentro da bienal ou os com quem troquei sombrias impressões nos muitos momentos em que o mercado não estava comprador. Simplesmente morri para eles. Quando me viam, cumprimentavam-me com assombro, como se tivessem visto um fantasma.

Quando o dinheiro acabou, armei uma barraca de CDs piratas na Nossa Senhora de Copacabana até tomar um pau da guarda municipal, vendi quentinha no Piranhão antes de o prefeito proibir a entrada de sacoleiros no prédio, tive uma confecção especializada em produzir etiquetas para roupas de grifes falsificadas vendidas no camelódromo da Uruguaiana e dirigi um táxi até o dia em que levei uma assistente cuja carreira tentei destruir porque não queria chupar meu pau e que tinha se tornado responsável pelo maior sucesso editorial do ano. Nada deu certo.

Os companheiros de irmandade disseram que estava sustentando minha abstinência numa coisa acima de tudo frágil, que mais cedo ou mais tarde ruiria.

– Nossa única garantia está em uma programação espiritual – diziam. – A gente não pode fazer pela família, pela beleza que estamos perdendo ou mesmo pelo emprego ameaçado.

Percebi logo no começo que o segredo da sobriedade vem de dentro, de lá desse vago latifúndio chamado coração no qual plantamos e cultivamos a autoestima. Mas eu precisava da imagem de editor que havia criado, graças à qual me fizera respeitar dentre as pessoas que me interessavam. Não sentia falta de mulher, nunca me importei com a beleza física que jamais tive, conseguia até viver sem as ideologias que em tempos idos desempenharam um papel fundamental. Mas a vida não tinha a menor graça se não podia mandar uma carta para Carmen Balcells, a agente literária que tomava conta com mãos de ferro da obra literária e jornalística de Gabriel García Márquez. Foi no dia em que percebi que não tomaria mais conta da obra de Albert Camus, John Steinbeck, Graham Greene, Juan Rulfo ou John Fante, que liguei o foda-se e fui traduzir minhas histórias de amor. Para que tratamento?

– A palavra está franqueada para membros com menos de 90 dias – Cid disse olhando para mim.

Pensei que estivesse me testando, para saber se a ajuda que fora lhe pedir tinha a ver com a minha abstinência.

– Oi, meu nome é Érica – disse uma bela menina de olhos verdes, a que estava ajudando Cid na arrumação da sala. – Sou uma adicta em recuperação que, graças ao poder superior, à ajuda das salas e a minha boa vontade, hoje não se drogou – acrescentou, reproduzindo uma espécie de mantra com o qual abrimos nossas partilhas.

Ela começou sua história, que, embora tivesse suas particularidades, no fundo era igual a minha, à de Cid, à de Duda, à de Laís. E é por ser assim que naquela noite de sábado de Aleluia havia um grupo de cerca de vinte pessoas ali, dispostas a revelar a própria alma. A chance que tínhamos de não sair para a boca de fumo mais próxima eram as histórias semelhantes, que permitiam que nos víssemos como íntimas comadres discutindo o problema da vizinhança ou, usando uma expressão mais técnica, criavam a empatia necessária para a troca de experiências. Foi esse o segredo que Bob e Bill descobriram em meados da década de 1930, na cidade de Akron, em Ohio, Estados Unidos, quando fundaram Alcoólicos Anônimos.

— Desejo para vocês o mesmo que desejo para mim — disse Érica, encerrando sua partilha dentro dos sete minutos que a chamada consciência coletiva prevê para cada orador, de modo que o maior número de pessoas possam falar. — Mais 24 horas limpos.

— Obrigado, Érica — disse Cid, quando ela deixou a cabeceira da mesa e voltou para o seu lugar —, pela sua presença, pela sua experiência e pela confiança depositada no grupo. Continue voltando, que funciona. — Fez uma pequena pausa e acrescentou: — Palavra franqueada.

Como sempre, a reunião foi plural. Havia pretos e brancos, ricos e pobres, analfabetos e intelectuais, recaídos e cascudos de longa data. Essa diferença sempre foi o grande capital humano da irmandade. Era ela que permitia que qualquer pessoa se identificasse com os relatos de cabeceira de mesa. Basta prestar atenção que, em algum momento, o adicto, por mais particular que seja sua história, vai se identificar com alguma partilha.

A partir de um certo momento Cid só franqueou a palavra para cascudos, que hoje são em número bem maior do que na época em que me aproximei da irmandade. Será que ele estava querendo mandar alguma letra para mim? Ou estava tendo início ali uma crise persecutória como a de Laís na noite anterior, só que numa escala menor?

Talvez estivesse querendo me mostrar que os tempos são outros. Quando ele começou o tratamento, eu era um dinossauro no meio de reuniões em que os companheiros tinham no máximo dois, três anos de abstinência. E hoje, vinte anos depois da chegada de Narcóticos Anônimos ao Brasil, qualquer sala tem um irmão com quinze anos, doze, nove. Já não sou mais especial como me sentia no passado e como os outros também me viam.

— Eu estava afastado da sala — disse o companheiro Jorge, do alto de seus dezesseis anos de abstinência. — Aí fui procurado pela mãe de Virgínia, que sabia do meu histórico com drogas e não tinha a menor ideia de como podia ajudar a filha. Ela me ajudou a me reintegrar ao NA e hoje estou prestando serviços. Levar a mensagem para outros adictos faz parte do décimo segundo passo.

— Eu vou a uma sala todos os dias — disse o companheiro Adauto, que está na irmandade há onze anos. — Conheço meus desejos e continuo desconfiando deles até hoje. Acho que isso é a melhor coisa que posso fazer por mim, além do fato de não usar nenhum produto que altere meu humor. E digo isso porque se eu respeito os meus onze anos de abstinência, respeito muito mais os trinta anos que passei fazendo merda, detonando dinheiro com puta, cavalo e qualquer tipo de coisa que me deixasse doidão. Hoje compartilho com os companheiros até quando quero comprar uma boneca para a minha neta. Um homem que cometeu tanta insanidade tem que se lembrar que, quando acorda, tem que dar bom-dia para sua doença. Nossa doença não dorme nunca.

Houve também a partilha de Amauri, que com certeza foi a que mais me impressionou naquele dia. Ele era um playboy do Leblon com pouco tempo de abstinência, da qual só começou a cuidar quando mais uma vez se viu abençoado pelos deuses, que lhe pouparam a vida quando um traficante cujo morro ele frequentava ameaçou matá-lo por causa de uma questão que não se deu ao trabalho de explicar.

– A primeira grande tragédia da minha vida, na verdade, aconteceu com minha mãe, que também é uma adicta em recuperação. Na época, ela estava em plena ativa e foi passar um final de semana em Angra com um amante. De porre, bateram com o carro e ela chegou a perder massa encefálica. Aposentou-se por invalidez. A segunda grande tragédia aconteceu comigo, quando um amigo ganhou um carro de presente de 15 anos e nós, os três amigos mais próximos, saímos juntos para comemorar. Tomamos um tremendo porre de cuba-libre, até que eu apaguei e só acordei alguns dias depois no Miguel Couto. Fui o único sobrevivente do acidente. Acho que jamais me perdoei pelo que aconteceu com os meus amigos.

Cid anunciou então a sexta e a sétima tradições, que falam da importância da independência de NA. Como a irmandade não pode emprestar seu nome a nenhuma sociedade que nos desvie do nosso propósito primordial, seu sustento advém de uma sacola azul que circula de mão em mão.

– A palavra está direcionada para o companheiro Tony – disse Cid, depois de feita a coleta que permite manter as salas abertas para qualquer adicto que sofra e recebê-lo com água gelada e um cafezinho sempre fresco.

Eu poderia declinar, pois dentro de uma sala existe a mais completa e total liberdade. Mas ainda que imaginasse que ele estava muito mais interessado em saber como é que eu estava me virando sem o apoio da irmandade, resolvi fazer uso da palavra que me franqueava. Minha situação não era tão dramática como imaginava Cid, mas tenho de admitir que estava precisando desabafar. Confessai-vos uns aos outros, já dizia a Bíblia. Estávamos ali atrás de ajuda, não de julgamento.

– Oi, meu nome é Tony – comecei.

– Oi, Tony – disseram todos, em uníssono.

– Sou um adicto em recuperação que hoje não se drogou pela graça do poder superior, pela ajuda das salas e pela minha boa vontade – eu disse, tentando fazer uma média com a sala, recorrendo aos mesmos signos que ela usava.

Tinha plena consciência de um dos principais sintomas da adicção, que vem a ser a nossa infinita capacidade de fazer fofocas e criar intrigas. Não é à toa que o livro *Só por hoje*, uma espécie de diário lido para os adictos na maioria das reuniões, dedica dois dias à fofoca – 4 de junho e 23 de dezembro. Vi inúmeras pessoas se afastando das salas por causa de nossa absurda dificuldade de colocar em prática o aviso colocado em cima da mesa, em letras graúdas: "O que você vê aqui, o que você ouve aqui, quando sair, deixe aqui." Eu teria que correr riscos, caso quisesse a ajuda da irmandade para salvar a pele de Laís. Trata-se de um grupo de ajuda mútua, talvez o maior do mundo ou pelo menos o que mais cresce. E ele se baseia numa estranha matemática franciscana, segundo a qual é dando que se recebe. Podia ir buscar ajuda em qualquer outro lugar, mas, já que estava ali, era meu dever compartilhar a mesma fé, acreditar nas mesmas verdades, seguir os mesmos preceitos. E ali dentro, "enquanto existirem segredos em nossas vidas, grandes ou pequenos, mais cedo ou mais tarde irão nos conduzir para o mesmo lugar", como se pode ler no texto do dia 14 de setembro, que mais tarde afirma que eles (os segredos) "representam o território espiritual que não estamos dispostos a render aos princípios da recuperação".

– Tenho andado afastado das salas. Uma pessoa que está fora da programação não pode estar bem – eu disse, demonstrando minha confiança no grupo. – Não recaí... Mas acho que mais do que nunca estou consciente de que a dependência química é a doença do "ainda". Porque se ainda não recaí é por obra e graça do meu poder superior. Se não fosse ele, a essa hora eu poderia estar cheirando todas nos Tabajaras ou no Chapéu, onde teoricamente fui atrás de uma mulher, mas, na prática, não encontrei a cocaína por muito pouco. Quer dizer, eu até encontrei. Mas no prato do companheiro Duda, outro caititu que se afastou da manada e virou comida de onça.

capítulo sete

Aparentemente, Cid ficou impressionado com minha partilha pois me chamou para comer uma pizza no Rio Sul. Era o que queria e precisava, ainda que estivesse preocupado com Laís. Se havia alguma solução para o seu caso, ela viria das salas.

– Já comeu a pizza daqui? – ele perguntou, com ares de especialista.

– Não.

– Pena que esteja de regime – ele disse.

O garçom se aproximou da mesa e nos entregou o cardápio, que ele consultou como se estivesse lendo a Bíblia.

– Um homem que para de se drogar – eu disse depois de pedir a pizza de quatro queijos que ele sugeriu – consegue superar qualquer desafio.

– Pois eu tenho muito mais dificuldade de perder peso do que de ficar em abstinência – ele disse. – Gostaria de aplicar a filosofia dos doze passos, mas, toda vez que fico nervoso, me vingo no doce.

Nossos pedidos chegaram e ele se concentrou na sua insípida salada, que comeu em três garfadas.

– Conta o resto da história – ele disse, por fim.

– Mas eu já disse tudo o que podia dizer.

Ele olhou melancólico para a minha pizza. E depois riu, tentando aplicar a felicidade que achava fundamental na recuperação dos recém-chegados.

– Há uma grande diferença entre o que a gente pode dizer e o que a gente deve dizer.

Cid fazia parte de um seleto grupo de pessoas que podia conversar sobre o poder superior tão cultuado nas salas e os aspectos psicanalíticos de nossa doença, que aprendemos na Vila Serena. De acordo com as circunstâncias, direcionava a conversa para o enigmático campo espiritual vislumbrado por Bob e Bill, quando criaram os doze passos em que se baseia o programa de recuperação dos adictos. Outras vezes, visitava os conceitos freudianos aplicados pelo psiquiatra que criou a clínica na qual fizemos o tratamento ambulatorial. Cid chegou à Vila Serena quando soube da minha recuperação, cujo exemplo quis seguir. Continuava frequentando-a, ainda que não abrisse mão do programa espiritual do NA. Ficou preocupadíssimo quando Duda e eu nos afastamos da clínica, junto com uma leva de cascudos que não aceitaram a grande mudança na política de mensalidades praticada até então pela casa.

– Não vim para reingressar no NA, mano velho – eu disse.

– Só estou querendo ajudar uma adicta que está sofrendo.

– Pois eu acho que você está precisando reingressar o quanto antes – ele disse. – Antes que você caia, arrastado por essa diabinha que está atentando seu juízo.

– Como é que você sabe que é uma diabinha?

– O filho da empregada me contou.

– Filho da empregada?

– O Duda.

– Ih, é mesmo. O cara era filho da empregada da sua casa.
– Ele fodeu tua vida.
– A nossa.
– Tá precisando de ajuda.
– Não me diga que você perdoou?
– Fazer o quê? A gente tá aqui pra ajudar.

Fiquei impressionado com o desprendimento de Cid. Tinha sido preso porque o invejoso do filho da empregada não suportou vê-lo à frente da Junqueira, ocupando um lugar que, por ser mais intelectualizado e antenado, imaginava ser direito seu depois da minha saída. Foi por esse motivo que o denunciou a Tavinho, quando soube do desabafo de Cid numa cabeceira de mesa, no qual contou sua traição ao amigo de infância. Duda não estava interessado em proteger os interesses da Junqueira, que de fato estava sendo lesada pelos camelôs que Cid espalhara pela cidade para vender seus livros a preços de sebo. Seu real interesse era assumir seu lugar. Jamais imaginaria que Tavinho levasse a denúncia até as últimas consequências.

– Acho bonito da sua parte. Mas é numa hora dessas que fico feliz de estar afastado da irmandade e não ter que receber um filho da puta desses.
– Ele não aguentou a barra quando um dos seus afilhados se suicidou.
– Eu soube.
– O cara também não aprende. Já devia saber que não se brinca com transtorno bipolar.
– Não foi o primeiro companheiro que ele disse que só apadrinhava se suspendesse a medicação.
– Acho que dessa vez foi pior. Ele ficava tirando sarro do sofrimento do cara, chamava ele de Marcelo Vozes, pergun-

tava se tava ouvindo alguma coisa no meio da reunião. Sentiu-se ainda mais culpado porque o cara se matou depois de uma reunião que ele coordenou.

— É por isso que não acredito mais em grupos de ajuda mútua. Tem sempre um sujo falando de um mal lavado.

— Você está cuspindo no prato que comeu.

— Melhor do que levar alguém ao suicídio.

— Ele já estava em processo de recaída desde a morte do pai.

— Se estava em processo de recaída, por que vocês deixaram o cara coordenando reunião?

— O serviço ajuda a reverter esses processos.

— Eu pensei que vocês fossem apenas ingênuos. Não gostaria de sair daqui achando que são irresponsáveis.

— Também erramos.

— Diz isso pra mãe do Marcelo Vozes.

— Você devia ver o Duda no enterro. Parecia um bezerro desmamado.

— Nada melhor pra quem se sente culpado por todas as tragédias do universo.

Cid começou a rir alto, chamando a atenção das pessoas ao nosso redor.

— Qual a graça? — perguntei.

— Lembrei do dia que ele me visitou pela primeira vez na cadeia.

— Imagino a culpa que ele devia estar sentindo.

— No fundo, sou grato a ele.

— Não sei quem é mais louco.

— Até grupo de NA ele organizou lá. Não teria suportado a cadeia sem o Duda.

— Você só foi pra cadeia porque ele te dedurou pro Tavinho.

— Não. Eu fui pra cadeia porque estava sendo desonesto com o Tavinho. Tive que pagar um preço muito alto. Mas depois de uma longa batalha jurídica, saí com uma gráfica, limpo e, mais importante de tudo, tive o despertar espiritual que me permitiu praticar os princípios da sobriedade em todas as minhas atividades, como reza o décimo segundo passo.

Aproveitei o ensejo para voltar ao assunto que me levara até ele.

— Já que você gosta tanto de ajudar, não teria como tirar a diabinha do Pinel e mandá-la para uma clínica melhorzinha?

— Já procurou a Vila Serena? — perguntou ele.

Eu ri.

— Cara, se o doutor Narciso perdeu pacientes como nós dizendo que a era do romantismo tinha acabado, imagina se eu chego lá com uma garota de programa de Copacabana...

— Garota o quê? — perguntou Cid, percebendo minha mancada.

— Foi isso mesmo o que você ouviu — eu disse, rendido. — Garota de programa de Copacabana.

— E que porra você tem a ver com uma GP de Copacabana?

Usara os sete minutos concedidos pela consciência coletiva para um orador, mas, ainda que tivesse monopolizado toda a reunião, o tempo seria insuficiente para falar dos detalhes e principalmente das emoções envolvendo aquela tentativa de salvar Laís. Talvez precisasse de toda uma noite, falando pelos cotovelos como fazia nos tempos de ativa.

— Você quer mesmo que eu fale sobre isso?

— Porra, cara, te chamei pra cá porque tinha ficado supercurioso por você ter se apaixonado depois de tanto tempo fechado para balanço. Agora então fiquei fissurado pra saber os detalhes.

— E quem foi que disse que estou apaixonado? — eu disse assustado, como se tivesse sido flagrado cometendo um dos delitos que me arruinara na editora.

— Teus olhos, teu sorriso, o brilho da tua pele. Tá tudo mudado em você desde a última vez que te vi.

Até aquele momento eu não tivera coragem de formular a hipótese de estar apaixonado pela Laís. Achava no máximo que poderia dar umas boas trepadas com aquela puta, devolvendo a vida que havia muitos anos fugira dos vasos cavernosos do meu pau.

— Será?

— Sou capaz de apostar meus dez anos de abstinência que esse é um daqueles amores que fazem a gente perder amigo, dinheiro e a própria sanidade pelo direito de vivê-lo.

Voltei a pensar em Gabriel García Márquez, dessa vez com menos vergonha do que quando acordei com as botas do padrasto de Laís na porta do meu apartamento. Naquele momento, achei uma vergonha estar sendo perseguido por um quadro da ditadura reaproveitado pelas estruturas policiais que haviam se especializado na extorsão ao crime organizado no Brasil e suas inúmeras ramificações. Era um outro tipo de fundo do poço, mas não deixava de ser um fundo do poço. Minha biografia não podia ser manchada com episódios tão chinfrins, em que, por causa de uma putinha chincheira, minha casa estava sendo invadida por um policial corrupto. No entanto, passar por isso tudo por amor me fazia menos romântico que os personagens das sempre politizadas reportagens do Gabo, mas digno de protagonizar uma de suas histórias tórridas. Sentia-me confortado dessa maneira.

— Até agora eu estava vendo tudo isso como um lance do poder superior para me trazer de volta para as salas, mas você dizendo assim não me parece tão insano.

— Eu acho que você realmente está precisando depois de... Tem quantos anos mesmo que você está longe das salas?

— Cinco anos.

— Não é à toa que você está tão enrolado. Isso é falta de sala. Frequentar a sala não é garantia de nada, como o próprio Cid tinha provado, pelo menos até antes de sua prisão. Mas não é à toa que as partilhas são sempre seguidas de um "continue voltando que funciona" da parte do secretário da reunião. Com ritmo a gente melhora em tudo na vida, inclusive a relação com o vazio deixado pela droga. É assim quando a gente está praticando exercício, sexo e até mesmo uma religião, qualquer que seja ela. No nosso caso, em algum momento despertamos para o poder superior e, de uma forma quase mágica, passamos a preencher o vazio com o nada. Em nossa maneira de ver, esse é o único caminho para a plenitude.

— Mas e a internação da Laís?

— Já disse — ele insistiu. — Você devia começar pelo doutor Narciso. Ele sempre tem uma vaga para caridade. De repente, você dá sorte.

— Por que não o Credec? — perguntei.

— Precisaria de uma guia de internação do Centra-Rio ou do NEPAD — Cid disse. — E a gente não consegue uma guia em menos de uma semana.

— E a Juliano Moreira?
— Tem que ser morador de Jacarepaguá — Cid antecipou-se, disponibilizando o saber que adquirira como servidor do NA.
Enumerei uma série de outros lugares, todos eles descartados por Cid.
— Você tem o telefone do doutor?
— Como não teria?
— Me dá, então.
Eram menos de nove da noite e dava para ligar sem constrangimento para o bom e velho doutor Narciso, que em sua longa história com dependentes químicos estava acostumado a ser procurado por mães desesperadas nos horários mais inconvenientes.
— Doutor Narciso? — Cid disse, depois de sacar o celular e discar um número armazenado na agenda. — Adivinha quem está comendo uma pizza comigo?
Ele teve que explicar que não havia saído do regime antes de me passar o telefone.
— Precisamos ter uma conversa séria — eu disse, indo direto ao assunto.
— Liga na segunda-feira lá para a clínica e marca uma hora com a secretária — ele respondeu com uma frieza impensável em se tratando de um cara tão apaixonado como o que eu conhecera.
— Segunda talvez seja tarde demais — insisti.
— Qual o problema?
— Gostaria de falar pessoalmente, mas é um problema de vida ou morte.
— Tony, vocês DQs acham que tudo é um problema de vida ou morte. Agora deixa eu voltar para a mesa, antes que o jantar

esfrie. Vou ter o maior prazer em te receber lá na clínica. É só você marcar uma hora com a secretária na segunda.

— Doutor, se eu pudesse esperar não ia ligar no meio de um feriadão depois de não sei quantos anos sumido.

Meu argumento pareceu convencê-lo. Sempre fui um bom orador.

— Você sabe onde eu moro?

— Qual é o DQ desta cidade que não sabe onde o doutor Narciso mora?

— Dá pra você chegar aqui em meia hora?

— Claro que dá.

Pagamos a conta e fomos até o estacionamento, onde entramos num vistoso Suzuki. No caminho para Santa Teresa, fui obrigado a contar os detalhes sórdidos da história de Laís para Cid.

— Quem foi que te deu esse presente? — ele perguntou, apontando para o curativo na minha testa.

— O padrasto da diabinha.

— Por que o coroa ia ser tão generoso?

— Laís deu uma volta nele — disse, apesar do medo do que ele podia fazer com aquela informação. — O cara soube que ela estava se escondendo lá em casa.

— Você sabe quem é esse padrasto?

— Você ouviu falar de um torturador preso no Paraná há uns cinco anos?

— Não me diga que o tio dela é o coronel Renato?

— Ele mesmo.

— Não foi à toa que o maluco te achou. O cara hoje está envolvido em altas paradas com a polícia carioca. Se ele tá querendo tua ninfeta, vai te achar em qualquer buraco desta cidade. Principalmente em um lugar tão manjado como a Vila Serena. Gelei. Mas segui firme no propósito de arrumar um lugar para internar Laís. Afinal de contas, estávamos falando de um homem renascendo para o amor depois de pelo menos quinze anos. Um homem assim é capaz de tudo.

— Você se sentiria um traidor do doutor se lhe pedisse para esquecer seu vasto conhecimento sobre a polícia carioca só por alguns dias?

Ele fez que não com a cabeça e entrou na rua Alice, que ligava Laranjeiras a Santa Teresa. Sempre achei linda esta subida.

— Tudo bem, Tony? — disse o doutor Narciso, que estava nos esperando na porta de casa. — Há quanto tempo?

Trocamos um forte e emocionado abraço e em seguida lhe contei minha história com o máximo de objetividade possível, eliminando alguns trechos fundamentais tanto por respeito a seu tempo como por receio de que não internasse Laís.

— Vocês DQs não tomam mesmo jeito. Estão sempre esperando uma grande porrada da vida.

Talvez por ter uma formação psiquiátrica, o doutor Narciso nos via mais como loucos do que como adictos. Era mais radical do que a irmandade. Só para dar um exemplo, acreditava que a internação era fundamental em processos de desintoxicação e propunha três reuniões por dia nos primeiros três meses de tratamento. Já o NA acredita que é possível interromper o movimento compulsivo com a mera força de vontade e que se pode construir uma base sólida a partir da equação 90 dias e 90 reuniões.

— Eu sei que sou um louco e que vou me boicotar até na hora de me apaixonar, mas o senhor tem alguma sugestão?

— Se a gente for por eliminação, tenho quase certeza de que vocês vão terminar lá na Vila Serena.

— Tem vaga lá?

— Vaga, tem.

— Por que a gente não leva a menina para lá?

— Me dê uma razão para dar a vaga para ela e não para uma outra pessoa.

— Em primeiro lugar, eu estou limpo há quinze anos, apesar de todos os prognósticos pessimistas.

— Começou bem — ele disse. — Me dê mais uma boa razão e o lugar é dela.

— Doutor, não era o senhor que vivia falando dos benefícios psíquicos do amor?

Ele riu.

— É, mas eu também sempre acreditei que não tem nada mais pedagógico para um DQ do que passar uma temporada no Pinel.

— Dá um tempo, doutor. Se o senhor fosse um pouco mais escuro, eu ia pensar que estava falando com o Araújo.

Araújo tinha histórias antológicas, graças às quais deixou uma incalculável coleção de afilhados e um legado que ficará na história da irmandade. Gostava de levar seus afilhados para um passeio no IML, que no seu entender era o destino inevitável de todos os adictos na ativa. Comemorava quando algum adicto na ativa morria de modo violento, achando que era menos um viciado a tentar os dependentes químicos em recuperação. Quando algum de nós falava de vazios existenciais, ele ria e mandava o cara bater um bom prato de feijão. No início de sua remota abstinência, procurava seu padrinho, que era ascensorista em um prédio no Centro do Rio. Esse padrinho fazia com que subisse e descesse os vinte andares do prédio em silêncio, até passar a vontade de beber.

– Vou te esperar na clínica amanhã às duas da tarde. Vai ser só o tempo de eu deixar a minha filha na casa da mãe.

Talvez emocionado pelo reencontro, o doutor Narciso não percebeu o silêncio feito por Cid. Mas na saída agradeci por sua cumplicidade.

capítulo oito

Estava exausto depois daquele longo sábado de Aleluia, que começara com a porta do meu apartamento arrombada pelo padrasto de Laís, passara por uma excursão pelas favelas de Copacabana, tivera luta livre no pátio do Pinel, estendera-se por uma maçante reunião de NA e terminara com o reencontro com o doutor Narciso, lá em Santa Teresa. Precisava de um banho quente e uma longa noite de sono, ainda que me parecesse assustadora a ideia de ir para casa. Receberia uma nova visita do gorila paranaense?

Achei mais prudente ligar para seu Manuel, que devia estar dormindo àquela hora, mas que com certeza não se negaria a me prestar solidariedade.

– Alô – disse uma voz que não reconheci, sem o acentuado sotaque nordestino do meu porteiro.

– Seu Manuel? – perguntei, prevendo o pior.

– Não, Tony. É o coronel Renato.

Desliguei, assustado. Mais uma vez agradeci ao poder superior, que me fez ligar para seu Manuel de um orelhão antes de ir para casa. E depois fui dormir em um hotel barato por ali mesmo, em Copacabana.

Acordei no dia seguinte com um telefonema do Cid.

– Vamos lá. – ele perguntou.
– Deixa só eu tomar um banho – disse.
Rezei a oração da serenidade. Era minha forma de agradecer pela intervenção de Cid, que estava sendo fundamental naquele momento. Não saberia como lidar com a burocracia de uma transferência. "Nada supera a energia de um grupo lutando e conseguindo um mesmo propósito", pensei, lembrando a fala com que os secretários encerram as reuniões. "Só eu posso, mas eu não posso sozinho", eles acrescentam.
Olhei o dia pela janela – ensolarado como deviam ser todos os domingos de Páscoa. Pensei na tradução de *Laying His Claim*, que estava atrasadíssima e para a qual eu não tinha a menor ideia de quando voltaria. Lembrei de uma velha máxima do doutor Narciso, para quem os DQs são mestres em construir com uma mão e destruir com a outra. Talvez meu interesse pela menina não passasse de uma forma de autossabotagem. Não podia esquecer que conseguir uma fonte de renda tinha sido uma tarefa mais difícil do que entrar em abstinência. Os benefícios psíquicos que o amor poderia me proporcionar iriam pelo ralo se mais uma vez eu ficasse sem trabalho. Sabia que minha amiga Soraia Macedo jogava pesado com prazos.
Tomei um banho demorado, lamentei não ter uma roupa limpa para vestir e saí a pé. PJ, Princesa Isabel, Túnel Novo, igreja Santa Terezinha onde o GATA funcionava, Rio Sul. Resolvi entrar para escolher um ovo de Páscoa para Laís. Não sabia se estava apenas sendo gentil com uma pessoa doente ou se queria comprar suas desculpas. Fazia anos que não dava um presente a ninguém. Pessoas de papel não precisam do que o doutor Narciso chama de consubstancialização do afeto.

Quando cheguei ao Pinel, Cid já estava me esperando. Ele estava devorando um ovo de Páscoa, apesar do regime. Lembrei da conversa da noite anterior, quando me falou de sua dificuldade de manter o regime nos momentos de maior tensão. Fiquei preocupado.

– Algum problema para liberar a menina?
– Já falei com o psiquiatra de plantão – ele disse, me tranquilizando. – Está tudo certo.

Fiquei aliviado.

– O ovo – disse.
– Você quer que eu leve o ovo pra Laís?
– Não – eu disse, rindo da confusão que ele fez. – Tô falando do seu ovo.
– Que que tem meu ovo?
– Você não disse que tava de regime?
– Pois é – ele disse, desconversando. – Problemas em casa.

Já tinha problema demais para ficar me preocupando com a saída do regime do Cid, ainda que soubesse das consequências da sua obesidade.

– Vi a Laís – Cid disse, com um tom malicioso.
– Como é que ela está? – perguntei, apreensivo.
– Completamente dopada de Aldol – explicou. – Deu até pena.

Tive medo de vê-la babando e com a coordenação motora comprometida. Seria bem diferente da visão do dia anterior, quando ela estava transtornada primeiro por causa do padrasto e depois por causa do pó. Seria diferente inclusive das vezes em que a resgatei na rua, chapada. No fundo, somos tão loucos como o doutor Narciso nos vê. Mas só temos essa noção quan-

do estamos internados numa instituição como o Pinel, onde somos dopados até a alma.
— Para ser sincero, prefiro que ela esteja assim.
— Tava com medo de um ataque histérico?

Sim, temia que ela tivesse perdido a confiança em mim, ainda que eu estivesse cumprindo a palavra de que a internação no Pinel seria provisória. Imaginei-a pisoteando o ovo de Páscoa que lhe trouxe ou mesmo se negando a falar comigo, armando um banzé dentro do hospital. Cheguei a achar que preferia morrer no Pinel. Foi por causa dessa possível rejeição que deixei de procurar as pessoas. Já havia esgotado minha cota de sofrimento.

— Conheço a Laís — ele disse, interrompendo meu silêncio.
— De onde?
— Do mesmo lugar que você, eu acho.
— Eu a conheço do Lido mesmo. Eu a via chapada na praça e resolvi dar uma força.
— Você não viu ela no Cabaré Kalessa?
— Nunca fui ao Cabaré Kalessa, Cid.
— Como, se o lugar era o point na década de 1990?
— Fiquei limpo em 1991. No começo, não ia com medo da night, para evitar o tripé local, pessoas, hábitos de ativa. E depois, porque estava duro.
— Caralho, você não sabe o que perdeu. Eu ia lá pelo menos uma vez por semana.

Dei de ombros. E, morrendo de inveja, ouvi suas histórias sobre as performances de Laís. Atraíam multidões de moderninhos para a Praça Mauá, ele disse. Artistas, jornalistas, antenados e drogados, é claro. Segundo Cid, suas interpretações das grandes divas do cinema americano eram tão maravilhosas que ela foi parar em revistas masculinas, deu entrevista para o Jô, e convidaram-na para camarote de cervejaria no sambódromo.

— Ela era um espetáculo, mas naquela época usava outro nome.

— Loreta! — disse, fazendo-me de entendido.

— Não, nada a ver — ele desdenhou. — O nome artístico dela era Camila.

— Acho que mudou com vergonha de ser reconhecida como a grande musa da intelectualidade carioca da década de 1990.

— Uma vez, eu achei ela na internet. Ela já era garota de programa. Tinha um blog maneiro, onde falava dos programas que fazia.

— Ela continua com esse blog.

— Só se for como Laís. Porque como Camila ela sumiu da rede.

— Você comeu? — perguntei, corroendo-me de ciúme.

— Eu dei sorte — ele disse. — Conheci ela antes que virasse estrela.

— Comeu? — insisti.

Ele fez que sim com a cabeça, com aquele orgulho dos machos que conseguem grandes façanhas sexuais. Fiquei com inveja do Cid. O cara podia estar com cento e tantos quilos, mas era o foda com as mulheres. Sempre foi e parece que vai continuar sendo o pegador. Eu vi a Érica na noite anterior. Ela tinha olhos lindos. Como os de Laís.

— Posso comer?

— O quê?

— O ovo, estressado.

— Comprei pra ela.

– Mas no estado que ela tá, dificilmente entra alguma coisa pela garganta.
Pensei em lembrar do regime, mas, talvez por causa da inveja, resolvi deixar pra lá. Que ficasse cada dia mais obeso. Seria um rival a menos na luta pelo amor de Laís. Dei-lhe o ovo. Onde é que andava o gringo otário?
– Quer um pedaço? – ele perguntou, abrindo-o com voracidade.
Ignorei e fui na direção da porta da enfermaria, de onde ela estava saindo apoiada por um enfermeiro.
– Posso ajudar? – perguntei ao enfermeiro.
Ele me entregou a bolsa de Laís e uma guia, que, abalado com a visão fantasmagórica dela, assinei sem ler.
– Onde é que está seu carro? – perguntei a Cid.
– No estacionamento.
Deitamo-la no banco de trás do Suzuki de Cid. Perguntei-me onde ele arranjara dinheiro para comprar um carro daqueles, depois de passar um tempo preso. Pensei nas minhas reservas, dilapidadas com Laís. Minha autoestima foi para o chão. Todo mundo arrumava dinheiro. Dinheiro e mulher. Menos eu.
– Um caso clássico – ele disse enquanto dava partida.
– O quê?
– O dela.
– A dependência química é uma doença progressiva, incurável e fatal. Que mata desmoralizando.
– Espero que ela aproveite a chance que está tendo.
Ele colocou uma música eletrônica no CD e fomos em silêncio até a clínica, onde estacionamos atrás de um carro que nunca vira, mas que deixou Cid boquiaberto.

— Caralho, um Jaguar.

Fiquei com a impressão de já ter visto aquele carro em algum lugar. Ou no mínimo de ter ouvido falar dele.

— Essa máquina é mais cara do que a minha cobertura — disse Cid, saindo do seu carro para contemplar o outro.

Desencanei. Devia estar confundindo com um sonho ou alguma notícia de jornal. Não havia a menor possibilidade de eu conhecer uma pessoa que tivesse um carro que valesse mais do que um apartamento.

— Ajuda aqui, caralho — disse para Cid, enquanto tentava levantar Laís.

capítulo nove

Laís já estava instalada em seu quarto, Cid tinha ido para casa e eu estava esperando o doutor Narciso atender o pai de um paciente internado na clínica um pouco antes da nossa chegada. Deduzi que fosse o dono do Jaguar.

— Muito obrigado, doutor — disse por fim uma madura voz masculina quando se abriu a primeira porta à direita do corredor em frente à recepção da clínica.

Passos firmes ecoaram no corredor, aproximando-se do sofá em que me encontrava.

— Boa-tarde — disse essa mesma voz masculina, ao passar por mim.

— Boa-tarde — respondi, sem levantar a cabeça.

Vi as pernas do doutor Narciso, cujos pés estavam dentro de um par de tênis um tanto sambado. Ao lado dele, pés calçados num sapato de couro alemão que, em sua formalidade, destoavam do restante do mundo naquele domingo de Páscoa.

A cabeça trabalhou rápido, fazendo conexões aparentemente absurdas porém chegando à identidade da única pessoa no Rio de Janeiro que conjugaria aqueles sapatos com a elegância de um terno Armani, um Jaguar dourado e um parente drogado precisando de internação em pleno feriadão. E essa pessoa era

Otávio Junqueira, ou Tavinho, o dono da editora que tive o orgulho de dirigir durante os melhores anos da minha vida e para a qual trabalhava graças à cumplicidade da minha amiga Soraia Macedo, agora como tradutor de romances água com açúcar. Quis me esconder, mas não achei espaço dentro de mim.

– Você? – disse ele, virando-se na minha direção depois de reconhecer minha voz.

– Não sei até quando, mas agora sim.

– Quanto tempo!? – disse ele, andando na minha direção com os braços abertos.

Não era a primeira vez que nos cruzávamos desde a nossa última conversa, no dia em que me demitiu. Mas até então ele vinha cumprindo a promessa de que não aceitaria minha visita nem no seu enterro, o que respeitei inclusive no dia da morte de Dona Helena, sua mãe. "O que um tio não faz para salvar um sobrinho drogado?", quase disse. Mas esse era o tipo de sofrimento que eu, como adicto, respeitava.

– Quanto tempo! – respondi, aceitando passivamente o efusivo abraço que me deu.

Pensei que iria cair em si depois de algum tempo, mas pensei em seu desespero com o sobrinho drogado. Sentia-se culpado. Jamais se perdoaria pelo fato de o menino ter fumado o primeiro baseado com ele. De todo modo, não se perdoaria ainda que o tivesse educado em um colégio militar. A família dos drogados é sempre igual. Uma das coisas mais tediosas da doença é que ela nos rouba a possibilidade de sermos originais.

– Que é que você está fazendo aqui? – ele perguntou.

– Devo ao doutor Narciso a minha abstinência – eu disse. – Estou limpo há quinze anos.

– Quinze anos!? Puxa, uma eternidade.

— Doutor? — ele disse, aproximando-se de Narciso. — Sabe quem é esse cara aqui?
— Sei — disse o psiquiatra. — O canalha mais insolente do Rio de Janeiro.

Tavinho começou a rir. Mas em seguida me abraçou, como se tivesse perdoado tudo.

— É o canalha mais insolente do Rio de Janeiro, sim. Mas é também o melhor de todos.

— Doutor, a menina já está no quarto — eu disse para o psiquiatra. — O que eu faço agora?

— Estou indo lá agora. Vocês dois ficam aí. Imagino que tenham muito o que conversar. Volto daqui a pouco.

Ele saiu, deixando-nos a sós na vasta recepção da clínica.

— Quem é a menina? — perguntou.

— Longa história. E com certeza não tem a mesma importância da pessoa que te trouxe aqui.

— Como é que você sabe que o Rogerinho...

— Sou DQ. Vi o começo da história do rapaz. Se terminei aqui para salvar minha pele, ele também terminaria. Quer dizer, se é que ele vai conseguir.

Ele começou um choro convulsivo, que me deixou sem saber o que fazer.

— Onde foi que eu errei? — ele perguntou.

— Ainda que você tivesse errado em tudo, ele virou um dependente químico porque quis. Ou então por uma questão genética ou religiosa com a qual você com certeza não tem nada a ver.

— Eu tenho culpa, sim. Fui eu que criei o menino.

Sabia que nada que dissesse adiantaria naquele momento. Por outro lado, qualquer palavra lhe serviria de consolo. Era mais ou menos como num enterro. A diferença é que aquele defunto tinha a chance de sair vivo. Ainda que remota, era uma chance.

— Veja o meu caso, Tavinho — disse. — Tenho cinco irmãos, todos eles ótimos pais, com empregos estáveis e intensa vida social. Fomos criados da mesma forma e, no entanto, cá estou eu, esse filho da puta de marca maior, que fez tudo que estava ao seu alcance para destruir a si mesmo e tudo o que estava ao seu redor, inclusive...

— Inclusive?

— Inclusive a nossa amizade.

— Com o tempo tudo se ajeita.

Foi ali que o meu lado canalha despertou. Percebi que a doença do sobrinho poderia ser o ponto de partida para nossa reaproximação e, com ela, para minha ressurreição profissional. Era só uma questão de jeito, de insistir, de estratégia. Um despretensioso telefonema no fim de um domingo preguiçoso para saber como estão as coisas. Um livro sobre a nefasta ação das drogas no ambiente familiar com uma dedicatória otimista. E, acima de tudo, uma participação mais efetiva no tratamento do menino seria uma dívida tão impagável como o apoio que lhe dei no momento em que, inseguro, assumiu os negócios que o pai durante toda uma vida anunciou que deixaria para o irmão mais velho. Será que ele continuava a ser o carente otário, que pagava caro para ter o olhar do outro?

— Com licença — disse o doutor Narciso, voltando da breve visita que fizera a Laís.

Ele explicou então que Laís passaria o restante do dia dormindo, pois tomara uma forte dose de Aldol no Pinel. O excesso de medicação, ele se preocupara em apurar com o psiquiatra de plantão e mais ainda em me colocar a par, se devera ao fato de a paciente ser rebelde. Eu sabia que isso praticamente inviabilizaria sua permanência na clínica, mais ainda estando ela na cota da boa vontade. O doutor Narciso tem bagagem suficiente para perceber quando um paciente não se rendeu, achando que ainda tem lenha para queimar. O máximo de tempo que perde nesses casos é o suficiente para conscientizá-lo da gravidade de sua doença.

– Espero que ela colabore – eu disse.

Marcamos um encontro para o final da tarde do dia seguinte, o que, em sua opinião, seria o bastante para que fizesse uma avaliação do quadro de Laís. Se quisesse colaborar, o tratamento com certeza seria eficiente, pois uma das vantagens da dependência química como doença é que a próxima dose é uma decisão pessoal. Podemos dispor dos piores médicos do mundo e, no entanto, nos manter abstêmios. Por outro lado, nem mesmo o Prêmio Nobel de Medicina pode nos salvar quando não estamos dispostos a largar o canudo.

– Você aproveita para participar da reunião de família – ele sugeriu.

Fiz de conta que acatava a sugestão, ainda que soubesse que não poderia pagar uma conta que mais cedo ou mais tarde me seria apresentada. Já tive muito problema com contas que assumia por não saber ao certo o limite do meu cheque especial e por ter dificuldade de dizer "não" quando determinado produto ou serviço me era oferecido. Não foi à toa que saí devendo uma baba à clínica.

– Obrigado por tudo, doutor – eu disse, dando-lhe um forte abraço.

Tavinho também se despediu e subimos juntos a ladeira até o reluzente Jaguar dourado que tanto encantara Cid.

– Você tá indo pra onde? – ele perguntou depois de abrir a porta do motorista.

Fiquei em dúvida se lhe dizia um vago "para casa", um menos genérico "para o começo de Copa" ou um revelador "para PJ". Devia lhe dizer que sua vingança arrasara minha vida, levando numa mesma onda meus melhores amigos, minha reputação profissional e minha capacidade de sonhar?

– Tô indo pra casa – eu disse.

– E onde é que o senhor está morando?

– Em Copa.

– Copacabana é grande.

Ainda pensei em lhe dar um endereço falso, numa área mais nobre nas redondezas, como por exemplo a Gustavo Sampaio. Mas como um bom dependente químico, encontrei uma maneira de procrastinar aquela decisão.

– Vamos para Copa – eu disse. – Quando estiver chegando, eu digo onde é.

Entrei no carro, que não me causou uma impressão maior do que o Suzuki de Cid. A partir de um certo grau de conforto, não faz muita diferença se o couro é de búfalo criado nos pântanos paraenses ou nas planícies americanas. Minha dificuldade em identificar as gradações de riqueza não devia ser muito diferente da dele de entender até que ponto eu estaria mais fodido se morasse na PJ ou na Rocinha.

– Cheiroso – disse quando entrei, à guisa de um elogio.

Ele riu com uma timidez que parecia fazer parte não de sua personalidade, mas de seu próprio corpo. Foi o mesmo sorriso que me ofereceu aos sermos apresentados, quando ainda era um adolescente impúbere com medo de revelar a identidade de um emergente durante o milagre econômico brasileiro e eu, um jovem revoltado no então efervescente movimento estudantil secundarista. Éramos do Pedro II, escola pública do Rio de Janeiro, onde, até um passado não muito remoto, pessoas de origens sociais tão díspares como as nossas conviviam numa boa.

— Você sempre gostou de cheiros — ele disse, com uma leve melancolia nostálgica.

— Não foi à toa que me tornei um cheirador de primeira categoria.

Rimos.

Ele deu a partida e o carro deslizou suavemente pelas ruas de Santa Teresa, ignorando os buracos e os trilhos. Conduzia-me para Copacabana, mas ao longo do caminho terminei sendo levado para um passado há muito esquecido. Esse trajeto não me pareceu nem um pouco confortável.

— Como é que você tem se virado? — perguntou ele.

— Como você imaginou quando colocou seu plano em prática.

— Que plano?

— O de vingança, Tavinho — eu disse com um pouco de impaciência.

— Ah — deixou escapar.

Fazia anos que tudo aquilo tinha acontecido, ao longo dos quais procurei entender minha derrocada por todos os pontos de vista, inclusive o dele. Nunca senti raiva do Tavinho. O tempo inteiro achei que ele tinha mesmo o direito de ir à mídia me espinafrar, tornando público e notório que o brilhante editor Tony Coelho era não apenas um cheirador de marca maior, mas um ladrão filho da puta, que nem sequer poupava o melhor amigo. Agora, no entanto, eu estava furioso com seu "ah", o que considerei um tremendo descaso com a minha dor.

— Porra, cara — eu disse, tentando me controlar. — Como é que você diz "ah"? Se você soubesse o custo deste "ah" na minha vida...

— Não deve ter sido menor do que descobri quando fui atrás das suas falcatruas.

— Mas eu pelo menos não digo "ah". Eu pelo menos não digo um "ah".

— Entendo — ele disse, como sempre polido.

— Também não digo "entendo" — protestei mais uma vez.

— Você quer que eu diga o quê?

— "Filho da puta". "Seu escroto". "Verme". "Canalha". É isso que se diz quando um filho-da-puta-escroto-verme-canalha troca a única amizade verdadeira que fez na vida por umas rapas de cocaína.

— Você foi um filho-da-puta-escroto-verme-canalha, mas não trocou a única amizade verdadeira que fez na vida por umas rapas de cocaína. Por você ter sido a única amizade verdadeira que fiz na vida, fiz vista grossa enquanto você estava me trocando por umas rapas de cocaína. Eu só endureci quando você começou a dar desfalques numa proporção que, se continuasse, iria quebrar nosso negócio.

Minha visão ficou turva como se eu tivesse deitado de porre no escuro. Imagens passaram rapidamente, como num feérico videoclipe. Tentei editá-las, dando-lhes uma lógica que, nos meus bons tempos de editor da Junqueira, encontraria em poucas horas de trabalho. Uma delas, a seminal: Tavinho sozinho no pátio da escola e eu, o eterno militante socialista, lhe pergunto se não quer participar do grupo de teatro do Pedro II.

Outra recordação: o dia em que passamos no vestibular de jornalismo da UFRJ, numa época em que as principais cabeças da cidade se interessavam por teorias da comunicação, quarto poder, mídia impressa e, acima de tudo, sonhavam em ter um emprego no *Jornal do Brasil*. Imagens de baseados fumados juntos, de filhos nascidos aos quais demos o nome do melhor amigo, de viagens pelo Nordeste no verão, filmes empolgantes, livros devastadores, decepções amorosas, frustrações políticas e sonhos imorredouros.

– Acho que um dia você vai entender que o pior foi que eu troquei nossa amizade por umas rapas de cocaína mesmo.

Em meio a toda inveja que eu sentia de Tavinho, talvez a maior de todas fosse por ele poder beber, fumar e cheirar socialmente, assim como fazem meus irmãos até hoje. Se, por um lado, isso lhe deu uma enorme vantagem ao longo de toda nossa relação, por outro, impedia-o de compreender do que são capazes cheiradores como eu e seu sobrinho. Pouco importam os dentes que perdemos, os amores que desperdiçamos, as heranças que dilapidamos, as carreiras profissionais que avacalhamos. Só pensamos na próxima dose.

– O pior é que o Rogério está indo pelo mesmo caminho – ele disse com um desespero que, a despeito de todo o treinamento, estava com dificuldade de conter.

Apesar do nosso afastamento, eu entendia o que ele estava sentindo. Vira-o prometendo ao irmão que cuidaria daquele menino como se ele fosse seu filho, como uma forma de perpetuar a memória do seu ídolo de todos os tempos, mais marcante até do que o próprio pai.

"Onde quer que você esteja, você vai acompanhar com orgulho o crescimento do seu filho, que a partir de hoje será nosso filho", ele dissera antes que fechassem o caixão de Rogério Junqueira Filho, seu irmão.

Eu também participara daquele pacto e, de uma certa forma, era o principal responsável por aquele fracasso: foi no momento em que saí da Junqueira que Tavinho deixou de dar a devida atenção ao menino para assumir o império criado por Rogério Junqueira, consolidado por Rogério Junqueira Filho e que seria perpetuado por Rogério Junqueira Neto.

Lembro de tudo, principalmente de estar em lua de mel com Ângela quando ele me ligou.

– Preciso de você agora – ele disse.

Eu estava em Bariloche, curtindo a viagem que ganhara de presente da família Junqueira, mas foi como se estivesse na Tijuca: peguei o primeiro ônibus, a primeira barca, o primeiro avião que me levasse a ele e de alguma forma pudesse minimizar seu sofrimento pela perda do irmão tão amado e admirado, sua revolta com os destinos projetados na surdina por um Deus sempre impiedoso e também seu medo diante da responsabilidade de assumir a Junqueira tão logo despisse o luto.

– Chego aí amanhã – eu prometera.

E cumpri, apesar dos protestos de Ângela, a quem conheci, como tudo de bom que até então me ocorrera, por intermédio de Tavinho.

– Vou ter que assumir a editora – ele disse depois do abraço como sempre caloroso, porém mais caloroso naquele dia em que sofria pelo irmão e pelo bom nome da família, pelo qual teria de zelar.

— Sim, eu sei — disse, evitando o silêncio como fizera no momento em que ele anunciou a internação do sobrinho, só porque numa hora dessas qualquer palavra serve de consolo.

— O que você não sabe é que, se você não assumir a direção editorial, eu pego o primeiro avião pro Nepal.

— Que é isso, companheiro? — eu disse, recorrendo ao velho bordão das esquerdas.

— Tô me borrando de medo — ele disse.

— Pois eu venho sonhando com esse dia desde que descobri que o livro é o refúgio mais seguro para a vida.

Realmente, amo os livros desde a barriga da minha mãe, que me gestou entre leituras dos romances de Flaubert, pelos quais nutria um fervor religioso. Mas ainda que eu tivesse me sofisticado na convivência com os Junqueira, ainda que estivesse começando a me sentir à vontade entre os autores célebres que conheci nas inesquecíveis festas que a família oferecia na mansão da Gávea, ainda que tivesse mudado bastante, no fundo eu continuava a ser um dos seis filhos daquele casal de funcionários públicos para os quais não havia glória maior do que morar em Copacabana.

— Sabia que poderia contar com você — ele disse.

Sempre achei que esse meu verniz suburbano era o que eu tinha de melhor e mais original, assim como sempre soube que ele me traria sérias dificuldades na caminhada rumo ao sucesso para o qual me vi predestinado depois que conheci a família Junqueira. Era estranho ter de sacrificar os capítulos mais interessantes da minha biografia, mas cortei-os com a mesma frieza com que editei o texto de muitos dos mais bem-sucedidos livros que publiquei. Se há uma coisa com que um dependente químico tem enorme facilidade é fantasiar a respeito de si mesmo. É para isso que ele se droga.

Um adicto também é dado à megalomania e dispõe de uma série de ferramentas para manter o ego inflado. A primeira a ser acionada é o próprio uso abusivo de droga, que com certeza é a mais eficaz para impedir que os raios da realidade desfaçam suas doces ilusões. Não é por outro motivo que se cercam de pessoas que, além de inferiores, dependem deles para se drogar. E, como todo doidão que se preza sempre tem uma rapaziada na aba, levei todos os compadres para a editora, colocando um na assessoria de imprensa, outro no departamento de arte, um terceiro para chefiar a revisão e mais uns tantos para cuidar dos títulos infantis. Eliminei sem dó nem piedade o primeiro engraçadinho que tentou me jogar contra a família Junqueira, no caso, o Duda. Depois de deixar claro quem mandava ali, minha vida tornou-se bem mais fácil.

Um dos grandes problemas que tive foi, por incrível que pareça, o sucesso inicial e imediato do nosso projeto. Se o exercício da autocrítica não é um dos hábitos mais cultivados entre os jovens intelectuais de nossa autoritária América Latina, ele será riscado da agenda de um executivo que, mais do que emplacar seguidos títulos na lista dos mais vendidos, conseguiu impor uma tendência de mercado que por muitos anos foi copiada pela concorrência. Não é à toa que hoje a palavra "desejo" me dá arrepios. Quanto mais poderoso me sentia, mais ambicioso me tornava. Nada mata a fome de um dependente químico. A palavra "adicto" está semanticamente ligada a adicionar. Estamos sempre fazendo somas para preencher o vazio de nossas almas insaciáveis.

A vaidade está por trás da debacle de todos os impérios, e comigo não seria diferente. Errados estavam os colaboradores, todos eles espinafrados quando a roda da fortuna começou a girar no sentido contrário. O problema podia ser dos autores, dos tradutores, dos livreiros e talvez do próprio mercado, que não estava à altura de um editor ousado e destemido como eu. Que mudassem o mundo, mas eu nem sequer precisava de ajustes. Eu era "o" cara! A prática se encarregara de mostrar e demonstrar isso!

No momento em que eu devia dar uma parada para rever minhas estratégias, a cocaína tomou conta da minha vida. Surgiram então os problemas que iriam culminar com um artigo sobre o desleixo da nossa editora, como não poderia deixar de ser, assinado pelo Duda, talvez o maior inimigo que fiz durante o tempo em que coloquei nos prestadores de serviço a culpa pela queda do nosso desempenho, excluindo-os. Eis então mais um dos incontáveis problemas de um viciado: em seu imediatismo, ele não prevê as consequências dos seus gestos.

Para minha sorte, o Duda era tão porra-louca quanto eu e se satisfez com o jabá que Tavinho lhe ofereceu quando levou o artigo a seu conhecimento. Era um drogado de primeira grandeza e sabia que seu ex-chefe, no mínimo, iria dar uma olhada nos erros apontados em seu texto – que eram tão primários que ele resolveu verificar, achando que encontraria a prova de que o artigo tinha sido escrito de má-fé, movido tão somente pelo espírito de vingança. Tinha certeza de que acabaria de vez com a carreira daquele antigo companheiro de faculdade, de farra e depois de trabalho, que estava tentando recomeçar a vida como repórter em um importante caderno cultural da cidade.

Obviamente, Duda só queria me destruir, mas seu artigo não continha um único erro de informação.

— Você pode me explicar isso? — perguntou Tavinho, ao descobrir a veracidade da denúncia de Duda.

Não, eu não podia. A única coisa que podia fazer era lhe pedir desculpas e fazer minha primeira internação, resumindo à droga todos os problemas de caráter.

— Como você é o Tony, vou te dar esta chance — disse.

Mas naquele mesmo momento Tavinho iniciou a investigação que primeiro chegou a uma série de serviços fantasmas que contratei para pagar as dívidas cada vez maiores que fiz com traficantes e depois a uma série de desfalques, sendo os últimos para me livrar dos policiais que descobriram em mim uma ótima fonte de extorsão.

— Você não podia ter feito isso — disse quando juntou todas as pontas do problema. — E o problema não foi a sacanagem em si. Empresários sempre são sacaneados por seus subalternos e é por isso que estou sempre vigilante, tomando conta de cada centavo gasto aqui dentro. Eu podia ser traído por qualquer pessoa, menos por você. Ser traído por você é quase como se eu tivesse sido traído por mim mesmo.

Em seguida ele me entregou a carta de demissão, que aceitei com lágrimas pela perda do emprego e do amigo, mas ciente de que tinha sido uma punição pequena para os erros que cometera. Quando já estava certo de que saíra no lucro, vi a notícia no jornal, assinada pelo filho da puta do Duda. Dessa vez, porém, sua fonte era ninguém menos do que Otávio Junqueira, meu mano Tavinho. Depois daquela denúncia, nunca mais consegui emprego na indústria cultural brasileira. Fora transformado numa espécie de Cacciola pelo mesmo homem que me inventara.

— A gente constrói com uma das mãos e destrói com a outra — disse para Tavinho, enquanto ele fazia o contorno por cima do Túnel Santa Bárbara para pegar a direção da Zona Sul e me deixar na PJ.

— Como? — perguntou, baixando o som do Jaguar.

— Foi isso mesmo que você ouviu. Você vai ouvir o doutor Narciso usar muito essa frase, caso o Rogerinho se mantenha no tratamento.

— Por que você diz o tempo todo que o Rogerinho pode não ficar no tratamento?

— Porque eu sou um DQ filho da puta e um dia tive os trinta anos dele, cara. Você não imagina como a gente ama a cocaína. A gente perde tudo. Perde família, dinheiro, amor, saúde, amigos. A gente só deixa o pó quando não tem mais nada a perder. E um jovem milionário como ele ainda tem muita coisa pra perder.

— Você não sabe o que aconteceu com ele, pra ele estar aqui.

— Você sabe, Tavinho?

— Pra ser sincero, não.

— Aposto como tem bandido atrás dele.

— E tem.

— Espero que o susto tenha sido dos grandes. Quanto maior o susto, maior a chance de ele ficar no doutor Narciso.

— Acho que você entende disso.

— Mais do que entendia de livro.

— Acho que vou precisar dos seus serviços de novo.

— Espero não te decepcionar outra vez.

capítulo dez

O reencontro com Tavinho me devolveu a capacidade de sonhar e, com ela, a inquietação de uma noite insone, povoada de perguntas que só o tempo poderia responder. Tinha enfim a possibilidade de fazer a reparação sugerida no nono passo, que até então não fizera porque a secretária dele jamais passou a ligação.

Ansiara por esse dia na época em que frequentava as salas e tentava colocar em prática a programação que faria de mim uma pessoa sóbria, serena e equilibrada. Porém, sabia que a única chance de renascer para a indústria cultural brasileira era me reconciliar com Tavinho. Achei um sinal dos mais alvissareiros o fato de tê-lo reencontrado em um domingo de Páscoa.

Se estivesse me drogando, eu diria que passara a noite panquecando ou fritando bolinho. Era assim que a gente falava quando passava horas virando de um lado para outro na cama, enquanto o sono não vinha. Não existe nada pior do que o momento em que a droga ou o dinheiro acaba. É nessas horas que os doidões se entopem de Ruipinol, Dormonid, Lorax, Diazepan, Alcadil ou Lexotan. Se o remédio não fizer efeito, vão levantar e vender a própria mãe para conseguir mais uma carreira. Muitas overdoses começaram assim.

Tinha ido dormir num albergue da juventude ali mesmo em Copa, que, apesar da baixa temporada, tinha movimento suficiente para agravar minha insônia. Muito jovem reunido, pensei com vontade de procurar um hotel barato na Central. Não fui porque pobre consegue ser ainda mais inquieto e barulhento. O jeito foi pegar um dos livros de Gabriel García Márquez que comprara num sebo de calçada, enquanto procurava um lugar para dormir. Dormi embalado pelo conto "A incrível e triste história da Cândida Erêndira e sua avó desalmada", que estava com vontade de reler desde que ouvi Laís atribuindo a impossibilidade de viver um amor romântico primeiro à necessidade de se libertar do padrasto e, em seguida, de se encontrar com o pai nos Estados Unidos. Prostituía-se porque queria, agora tinha certeza. Ela e todas as outras meninas de Copacabana, para as quais a noite era mais um vício do que uma necessidade.

Acordei na manhã de segunda-feira com seguidos toques do celular. Gelei quando vi que era um "número não identificado".

— Alô – disse com uma voz sonada, ainda que fossem onze horas da manhã.

— Cadê o gringo otário? – perguntou o padrasto de Laís, como sempre indo direto ao assunto.

— Eu pensei que você fosse mais esperto.

— Se não fosse esperto, não saberia que Loreta está com ele agora.

Eu ri, achando que estava blefando.

— O gringo otário só existe na imaginação da Laís.

— Já disse que o nome da minha menina é Loreta.

— É por isso que você acredita na existência do gringo otário. No dia que você admitir que o verdadeiro nome de sua enteada é Laís, vai saber que toda garota de programa sonha que vai ser salva por um gringo otário.

— Eu não sou um gringo otário.

— É por isso que ela está fugindo de você.

— Só na sua imaginação que ela está fugindo de mim.

— Se não está fugindo do velho tarado, por que ela estaria com o gringo otário e não com você?

— Bem que na Vila Serena me disseram que você é um canalha insolente.

Comecei a ficar preocupado. Era detalhe demais até mesmo para um antigo quadro do SNI, nos tempos da ditadura.

— Como é que você sabe da Vila Serena?

— Quem é que não sabe da clínica do doutor Narciso, seu psiquiatra? Quer dizer, ex-psiquiatra.

Em se tratando de qualquer outra pessoa, eu acharia que "ex" se devia ao fato de não estar me tratando mais com ele. Mas como era o padrasto da Laís, pensei nas ameaças que fizera. Ele seria capaz de matar as pessoas que resolvessem ajudar Laís.

— Nada mau para um velho araponga.

— Costumo levantar a ficha das pessoas que vou matar.

Desliguei o celular e liguei para a clínica.

— Vila Serena, bom-dia — disse Raquel do outro lado da linha, com uma voz embargada que me bastou para saber que o padrasto de Laís estava dizendo a verdade. — Vila Serena, bom-dia — ela repetiu, com mais dificuldade ainda de controlar a voz em meio à comoção que estava tomando conta da clínica.

O celular voltou a tocar, mais uma vez com o aviso "número não identificado".
– Como é que você descobriu a clínica? – perguntei, certo de que era o filho da puta do padrasto da Laís de novo.
– Não te disse ontem, Tony? Foi o Duda.
– Desculpa, Tavinho. Pensei que fosse outra pessoa. Tava falando com ela e a ligação caiu.
– Você já soube?
– Acabei de saber tanta coisa.
– Rogerinho fugiu da clínica.
– Puta que pariu – eu disse, com a sensação de que havia acabado de perder o mapa da terra prometida.
– Com uma tal de Laís, sabe quem é?
Eu ri.
– Do que é que você está rindo?
– Laís foi a menina que eu internei ontem.
O vibracall anunciou uma ligação em espera. Dei uma olhada no display e vi o nome de Laís.
– Ela está tentando entrar na linha, Tavinho.
– Atenda. E me dê notícia em seguida.
Respirei fundo, tentando me controlar. Era muita emoção para quem tinha acabado de acordar. Definitivamente, preferia estar traduzindo minhas histórias água com açúcar.
– Quer dizer que é assim que você vai me ajudar? – ela disse com uma voz trincada.
– Como diriam os anônimos, a ajuda é pra quem quer, não pra quem precisa.
– Se você quisesse me ajudar, não teria chamado o canalha do Cid.
– Você não dizia isso na época que dava o cu pra ele.

— E o cara, além de canalha, é mentiroso.
— Pelo que sei, basta ter 200 reais pra comer o seu cu. E Cid é um empresário bem-sucedido.
— Empresário bem-sucedido é o caralho. O cara é um falsário, que só não está atrás das grades porque tem dinheiro pra dar pra polícia.
— Como é que você sabe disso?
— O filho da puta do Cid é um inferno na minha vida desde que descobriu meu blog. Foi por causa dele que deletei as fotos e mudei o nome de guerra.
— Ele disse que te conhecia do Cabaré Kalessa.
— Conhecer mesmo, ele me conheceu quando ingressei no NA. Ele tentou encher meus cornos de cachaça, pra ver se ficava mais fácil de me comer.
— Você nunca me disse que conhecia o Cid.
— Se eu soubesse que você era amigo dos três patetas, nunca teria ido na sua casa.
— Quem são os três patetas?
— O canalha do Cid, o cheirador do Duda e o ladrão do Tavinho.
— Você conhece os três mosqueteiros?
— Eu conheço os três patetas, que viviam no Cabaré Kalessa.
— Você nunca me disse que era a famosa Camila.
— Eu achei estranho que você nunca tivesse me reconhecido. Todo mundo vive me reconhecendo.
— Nunca fui ao Cabaré Kalessa. Na época, eu estava tentando salvar minha vida no lugar do qual você acabou de fugir.
— Eu não fugi.
— Não foi o que o coronel Renato me disse.
— O meu padrasto não tem nada a ver com os três patetas.

– Pode não ter nada a ver com eles, mas acabou de fazer uma visita à Vila Serena. E deixou a marca dele no peito do doutor Narciso.
– Estou começando a achar o mundo um lugar muito pequeno. Pequeno e perigoso.
– Você sabe que o cara levanta a ficha de quem vai matar.
– O cara deve ter um fichário do tamanho da Biblioteca Nacional, então.
– Espero que ele não inclua o nome do Rogerinho.
– Não tenho nada a ver com o Rogerinho.
– Não foi o que o pai de criação dele acabou de me dizer.
– Você tem falado com muita gente.
– É nisso que dá andar em más companhias.
– De qual delas você tá falando?
– De você, é claro.
– Pensei que fosse do ladrão do Tavinho.
– Como?
– Você está comendo muito. Vai terminar ficando gordo que nem o canalha do Cid.
– O Rogerinho tá delirando, sua comédia. Não foi à toa que o tio internou o cara.
– Para o seu governo, ele internou o Rogerinho porque quer interditar o cara.
– Minha irmã, você está realmente precisando parar de tomar droga. Sua cabeça não está mais dando conta.
– Delirando, nada. O primeiro pateta está vendendo a editora pra um grupo alemão e não quer dar a parte...
A ligação caiu. Acho que foi por causa das insistentes tentativas de Cid, que estava tentando entrar na linha desde o começo da minha conversa com Laís.

— Precisamos conversar — ele foi logo dizendo.

— Pode tirar o cavalinho da chuva, cara. Não vou dar mais informação pra você vender pros policiais que estão tentando te roer.

— Eu posso explicar.

— Cara, vai se explicar com os doidões da Vila Serena.

— Eu não sabia.

— Não sabia é o caralho.

— Tô te ligando pra dizer que você é o próximo.

— Eu devia ser o anterior. E você podia ser mais profissional. Ou você acha que eu sou mané de não saber que o padrasto daquela vagabunda tascou um grampo no meu celular? Por mim você não vai mandar recado pra ninguém.

Desliguei e botei o celular para recarregar, pois imaginei que ele seria o centro das ações de um dia que seria longo, muito longo. Tinham sido quatro ligações em menos de quinze minutos. Previ que viriam muitas outras.

O coronel Renato continuaria perturbando minha paciência até colocar as mãos em Laís. Cid iria pelo mesmo caminho, embora tenha perdido a fachada. Apesar do medo de ser traída, Laís não tinha muitos meios de se safar sem minha ajuda, principalmente agora que Rogerinho queria atingir o tio por meu intermédio. Era possível que Duda entrasse em cena também.

Resolvi tomar um banho quente antes de fazer uma visita ao meu velho amigo Tavinho. Me dei conta de que estava com a roupa do dia anterior e, enquanto fazia a barba, decidi passar em um shopping para comprar uma muda nova. Tínhamos muito o que conversar. E eu ia fazer um bonito na frente dele.

— Oi, Cristina — disse quando a secretária dele atendeu. — Aqui é o Tony, tudo bem?

– Oi, Tony, quanto tempo?
– Hoje você não precisa inventar desculpa – ironizei.
– Como?
– O doutor Junqueira quer falar comigo.
– Eu sei, Tony. Isso aqui está uma loucura com a visita dos alemães, mas ele já me avisou. Vou passar a ligação.

Ouvi pacientemente aquela pavorosa mensagem eletrônica, informando que a Junqueira era um dos maiores grupos editoriais do Brasil e que dispunha dos títulos mais importantes em todos os campos de conhecimento. Apesar de odiar esse tipo de mensagem, estava emocionado na hora em que Tavinho atendeu a ligação.

– Você tem alguma notícia? – ele perguntou, ansioso.
– Posso dar um pulo aí?
– Confesso que o dia não é dos mais propícios, mas te espero pro almoço.

Cheguei na editora em uma hora, depois de comprar uma roupa nova no Rio Sul, pegar um táxi que consumiu meus últimos vinte reais, ignorar as ligações de Cid e do coronel Renato e falar rapidamente com Laís, dizendo-lhe que tinha entendido tudo o que acontecera e pedindo-lhe que me ligasse de um orelhão dali a uma ou duas horas.

– Você precisa ser honesto – disse quando entrei em sua sala.
– Sempre fui – Tavinho disse. – Por que não seria agora?

Resolvi ir direto ao ponto, seguindo a máxima que aprendera com o padrasto de Laís. Além de poupar tempo, a objetividade poderia me livrar dos enjoos da emoção daquele reencontro. Tivera ali os momentos mais importantes de minha vida.

— Porque você gosta muita da editora. E, com a morte da sua mãe, o Rogerinho tem o direito de levar 50 por cento dela.

Foi um bom começo, percebi pelo silêncio que ele fez. Aproveitei que estava em vantagem e dei uma nova cutucada.

— Seu sobrinho anda dizendo por aí que você quer interditá-lo para não dar a herança dele.

— Quem foi que disse essa sandice?

— A mesma pessoa que me disse que você está vendendo a editora para um grupo alemão.

Novo revelador e inquietante silêncio de Tavinho.

— Você não era inimigo número um do Duda?

A dúvida que eu podia ter em relação à informação dada por Laís se dissipou naquele momento. Mas isso não me deixou nem um pouco confortável. Na última vez em que ouvi com muita frequência o nome do Duda, minha carreira foi para o espaço.

— Minha fonte foi a menina que foi expulsa da Vila Serena com o Rogerinho.

— Você está dando muito crédito a uma louca que leva Special K até para uma clínica de drogados.

— Ela não levou Special K pra Vila Serena.

— Como você pode ter tanta certeza disso?

— Deve ter sido o Cid.

— De que Cid você tá falando?

— Do nosso Cid, um dos três mosqueteiros. Ele me ajudou a levar a Laís do Pinel pra Vila Serena.

— Então está explicado.

— O que está explicado?

— Ela e o Rogerinho levaram um flagrante na clínica hoje cedo. Encheram a cabeça dos outros pacientes de Special K e começaram a maior suruba lá dentro.

– Coitada da Laís. Como se não bastasse o coronel Renato...
– Que é que o coronel Renato tem a ver com aquela viciada?
– Você sabe quem é o coronel Renato? – perguntei.
– Conheci o coronel Renato quando meu irmão morreu. Foi a firma dele que descobriu os assassinos do Rogério, lembra não?

Lembrei de Laís, dizendo que o mundo era um lugar pequeno e perigoso. Nomes muito próximos a mim estavam vindo à tona de uma forma muito sistemática. Não dava para acreditar em tantas coincidências. Tive a desagradável sensação de que chegara a hora de prestar contas ao passado. Resolvi pagar para ver, ainda que tivesse poucos trunfos nas mãos.

– Conheci esse trem desgovernado na sexta-feira. – Apontei então para o curativo na minha testa. – Isso aqui foi o cartão de apresentação dele.

– Por que ele seria tão formal?

– Morre de ciúme da enteada desde que tirou o cabacinho dela, no Paraná, quando ela era uma menina.

– Quem é a enteada dele?

– Pra mim, ela é Laís. Mas pra você ela é a Camila, a grande estrela do Cabaré Kalessa.

Fiquei com a sensação de que, também para o Tavinho, vivíamos em um mundo pequeno e perigoso.

capítulo onze

Laís estava ainda mais trincada quando ligou para o meu celular de um orelhão, como havia lhe pedido.
— Você tá me traindo — ela disse.
— Pelo amor de Deus — disse, sem muita paciência. — Paranoia agora, não.
— Você tá querendo o quê?
— Que você desligue o telefone e espere eu ligar de volta.
— Por que isso?
— Porque o meu número e o seu estão grampeados. A não ser que você queira mandar um recado para o coronel.
— E depois você diz pra eu não ficar paranoica.
Desliguei, respirei fundo e liguei de um telefone da editora para o número registrado no bina do meu celular. Não foi ela quem atendeu, porém.
— Alô — Rogerinho disse logo no primeiro toque.
— Quem tá falando? — perguntei.
— Sou eu, tio Tony.
O tratamento me surpreendeu, remetendo-me a um passado do qual só lembrava de um enorme par de olhos verdes.
— Tudo bem, Rogerinho?

– A gente nunca tá bem quando tem um tio filho da puta tentando roubar o dinheiro da gente.

Ri, constrangido.

– Só pra você não dizer depois que foi enganado, estou falando do telefone dele.

– Já que você está na sala do verme – ele disse – se liga na missão, que eu vou mandar o papo reto.

Rogerinho tinha dado uma entrevista, fornecendo documentos sobre uma transferência fraudulenta de bens para o nome do tio e, mais importante, anexando o testamento que doava a editora a Tavinho – que seria perfeitamente normal caso as impressões digitais da avó não tivessem sido afixadas em uma UTI, estando ela em coma.

– Você sabe como são esses jornalistas – ele concluiu. – Adoram um escândalo.

Queria o tio em Búzios até o início da noite, com 50 mil euros no bolso.

– Pra que esse dinheiro todo, menino?

– Parada minha, tio. Parada minha.

Tentei assustá-lo, dizendo que estava lidando com pilantras profissionais.

– Com seu tio, você pode fazer um escândalo na mídia ou apresentar esses documentos a um juiz honesto. Mas a Laís está sendo caçada por um coronel do antigo SNI que já matou duas pessoas que entraram no caminho...

– Pode falar pra esse coronel cagão que eu tô esperando ele com uma AK-47 e muita bala, mas muita bala mesmo.

– Puxa, Rogerinho – eu disse. – Você era um moleque tão gente fina.

— Mudou tanta coisa, tio. Eu estava no dia em que Rogerinho fumou o primeiro baseado. Estávamos o Tavinho, a Susana e eu. Era um fim de semana e estávamos descansando à beira da piscina da casa de campo da família Junqueira, em Petrópolis. Minha droga adição já era pesada, mas ainda não havia destruído minha vida. Rogerinho chegou querendo saber se faltava muito tempo para ele virar homem. Seus amigos começavam a ter pelos e alguns deles já estavam se iniciando sexualmente, estimulados por pais que lhes pagavam garotas de programa ainda que tivessem apenas doze, treze anos. Rogerinho se sentia inferior a todos eles.

— Dá dois peguinhas nessa coisinha aqui — Tavinho disse —, que tudo vai mudar.

Rogerinho acreditou na sugestão do tio que endeusava desde a inesperada morte do pai e não teve jeito de ser convencido de que aquilo tinha sido uma brincadeira de mau gosto.

— Se esse cigarrinho não dá superpoderes, por que vocês fumam o tempo todo? — disse Rogerinho, quando o tio tentou voltar atrás.

Talvez achássemos que ele fosse odiar a onda do baseado ou no fundo quiséssemos destruir a vida do menino, como muitos filicidas travestidos de doidões. O fato é que passamos para ele o fino que estávamos fumando. Rogerinho tinha quinze anos.

— Saiba que eu tô limpo há quinze anos — disse, talvez achando que a mudança a que ele fazia referência estivesse relacionada àquele maldito dia em Petrópolis ou tentando conduzir a conversa até um ponto que me permitisse lhe levar a mensagem de recuperação de NA.

— Se liga aí, coroa — ele disse com uma frieza que eu só vira nos grandes traficantes que me acolheram em seus cafofos, quando ia cheirar no morro e dar tiros de fuzil para o céu. — Desde que vocês me deram aquele primeiro baseado, lá em Petrópolis, eu vacilei de tudo que foi jeito. Fiz todo tipo de merda pra dar mais um tequinho. Abandonei os estudos, queimei meu filme com a família toda, dei volta em playboy, em polícia e, pior, dei volta em bandido. Mas dessa vez eu tô pelo certo. Pela primeira vez na vida, eu tô pelo certo e o tio Tavinho tá pelo errado. E você não sabe do que uma pessoa que sempre esteve errada é capaz de fazer quando tá pelo certo. Quando a gente tá pelo certo, pode tudo. Acho até que eu matava, se eu fosse de matar. Agora eu vou desligar porque Laís esticou a maior flecha. E aí, minha irmãzinha. Passa o canudo aí.

Rogerinho desligou e eu fiquei com o telefone na mão, como se não acreditasse no que estava ouvindo. Estava enjoado, talvez enojado. Não conseguia encarar Tavinho.

— E aí? — perguntou Tavinho.

— Você tem 50 mil euros cash?

— Como?

— Você tá comendo muito. Vai terminar ficando gordo que nem o Cid.

— Enlouqueceu?

— Não. Só uma piada da Laís.

— E isso lá são horas pra piada?

— Não, isso são horas pra cinquenta mil euros cash. Tem?

— Pra que essa fortuna?

— Não tenho certeza. Mas se a gente não chegar em Búzios até o começo da noite com essa grana, seu amado sobrinho vai

autorizar a publicação de uma entrevista bombástica sobre o inventário da Dona Helena.
— Cristina, liga pro Duda.
— Pra quê?
— Duda é meu assessor de imprensa desde que você saiu da Junqueira. E ele descobre quem é esse jornalista com dois telefonemas.
— Se você ligar pro Duda, eu saio da jogada.
— Não me diga que você tem alguma participação nesta grana?
— É, Tavinho. Tá sabendo, não? Armei todo este teatro pra roer teu dinheiro. E vê se não perde tempo. Porque se não aparecer ninguém em Búzios até o começo da noite, Cid, Duda, o coronel Renato, Laís e eu vamos passar o carro no teu sobrinho, mané.

Levantei e saí do restaurante da diretoria. Ignorei seus chamados, cada vez mais altos. Também não dei bola para seus funcionários, que acenavam para mim avisando que ele queria falar comigo. Só parei na portaria, onde fui barrado por um de seus seguranças.

— Se você não vai ganhar com eles, onde é que você vai ganhar? — ele perguntou, alcançando-me na portaria.

— Eu enfim vou dar o nono passo — disse, esforçando-me para não ser patético.

— Nono passo? — ele perguntou, incrédulo.

— Um dos doze passos do NA. Talvez seja o mais importante de todos.

— E qual é o nono passo? — ele perguntou, com o ar compreensivo que um pai faz para um filho impertinente.

— Fazer a reparação das pessoas que prejudicamos na ativa.
— Isso é tão importante assim?
— Fundamental. Nós adictos somos filhos da puta, que vivemos cuspindo no prato que comemos.
— Isso significa que vocês gostam de pratos limpos ou que querem comer de novo?
— Tostines vende mais porque é fresquinho ou é fresquinho porque vende mais?
— Se você me trouxer o Rogerinho, a gente com certeza arruma uma vaga na casa.
— Eu posso até te ajudar. Mas primeiro você vai ter de parar de mentir pra mim.
— É sério. Estou pensando em demitir a Soraia Macedo, lembra dela?
— É lógico que eu lembro: ela me passa traduções de vez em quando. Do mesmo modo como lembro que você está para vender a editora pra um grupo alemão.
— Ainda que o negócio estivesse confirmado, você acha que a gente vende uma editora hoje e se aposenta amanhã?
— Não?
— Lógico que não.
— Então por que o lugar da Soraia?
— Porque ela está muito marrenta e respondona. Muito tempo de casa, você deve saber como é.
— Não é disso que eu estou falando.
— Está falando de quê, então?
— Estou falando de uma ambição um pouco maior do que editar uma simples coleção de histórias românticas.
— Está querendo muito para quem estava morto e enterrado para o mercado — Tavinho disse.

– Você é que está querendo dar pouco para quem quer salvar a vida do sobrinho querido ou a parte que te cabe neste latifúndio, independentemente de quem esteja falando a verdade nesta porra. Além do quê, não poderia dar o nono passo fodendo com a vida da Soraia, a única pessoa que me estendeu a mão nesse longo tempo que passei chafurdando na merda.

capítulo doze

Tavinho já não era o cara de quem fui o melhor amigo, mas, apesar do Jaguar e das suas roupas tão formais quanto a posição que ocupava na indústria editorial, sentimo-nos à vontade antes mesmo de chegar em Niterói. Tudo era memória de algum lugar, como sugeriu a música de Caetano que tocou enquanto atravessávamos a ponte.

– Não lembro a última vez que fui a Búzios – disse, sentindo-me como um amante cuja vida acabara juntamente com uma relação amorosa.

Tavinho riu. Era o próprio amante cuja vida seguira sem sobressaltos depois que tudo terminou.

– Você adorava Búzios.
– Ainda tem a Casas Brancas?
– Tem.
– Eu vivia naquela pousada. Tinha até conta.
– Hoje tem outras muito melhores. Mas em homenagem aos velhos tempos, é lá que vamos ficar hospedados.
– Tô duro. Gastei meus últimos vinte reais no táxi pra editora. E você sabe como a casa demora a pagar os colaboradores.
– Não se preocupe. Hoje tudo corre por conta da editora. A gente pede uma nota superfaturada. Duvido que o mané da contabilidade desconfie.

Eu ri azedo.

— Lembra do nono passo? — perguntei.

— Juro que não estava querendo passar na cara.

— Mas eu superfaturei mesmo. Tive que admitir isso no quarto e no oitavo passos.

— Onde é que vocês querem chegar com tantos passos?

— Acho que a nós mesmos.

— Tanto lugar maravilhoso pra conhecer e vocês escolhem o pior de todos. Nunca ocorreu a vocês que inventaram a indústria do turismo porque ninguém suporta ficar consigo mesmo?

Rimos juntos. Sempre gostei do humor do Tavinho. Era um humor burguês, que muitas vezes resvalava na futilidade. Mas sempre me divertiu.

— Não lembro a última vez que vim a Búzios, mas a primeira lembro, sim.

— Foi com meus pais.

— Verão de 70 — eu disse.

— Talvez o maior ano da minha vida.

— Brasil tricampeão do mundo!?

— Foi só o começo.

— Primeira mulher nua, agora eu lembro.

— Como era o nome dela? — Tavinho perguntou.

— Mônica.

— Mônica, isso. A mulher era uma deusa. Parecia a Afrodite de Botticelli, saindo das águas do mar para se oferecer não aos deuses gregos, mas a nós, pobres mortais brasileiros.

— Eu quase deixo de falar com você. Fiquei morrendo de ciúme, inveja, rancor. Nunca entendi por que aquela deusa quis dar pra você, e não pra mim.

— Você e o Rogério nasceram para o livro. Eu nasci para as mulheres.
— Não sei como.
— Vocês intelectuais não sabem de nada.
— O que eu sei é que você, com esse seu nariz de Cyrano de Bergerac, é a negação de todos os princípios da beleza.
— Mulher nunca quis beleza, seu intelectualzinho de merda. Quem faz questão de beleza são os homens. Pode ver. Não há um só tratado de estética escrito por mulheres. E isso não é porque elas são louras e burras.
— Acho que passei a vida lendo para entender o que as mulheres querem.
— Por isso que você nunca arrumou uma mulher sozinho. Se não sou eu, o senhor morreria virgem.
— Não exagera, cara. Não exagera.
— Exagero? Então, vamos rememorar? A primeira eu acho que foi Lara.
— Você pode ser um grande pegador, mas um péssimo contador de história.
— Onde foi que eu errei?
— Eu nunca transei com a Lara. Namorei mais de um ano com ela, mas jamais consegui pegar. Aí a gente acabou, você entrou em cena e uma semana depois já tinha comido.
— Isso, lembro agora. Apostei com você que comia ela em uma semana.
— E usou de todo o poder da grana para seduzir a *poverella*.
— Seu intelectualzinho de merda, se mulher quisesse só dinheiro, o Rogério teria comido todas as mulheres do mundo.
— Como foi que você transou com a Lara em apenas uma semana?

– Um poema de amor.
– Caralho, cadê este poema?
– Não sei. Quem sabe ela guardou?
– Vai, manda o telefone dela agora.
– Pirou, Tony?
– Pirei nada. Sou editor, tá lembrado? Tenho que achar esse poema. Esse poema deve ser uma obra-prima da literatura mundial. Eu bem sei como eram sólidas as barreiras com que Lara defendia a virgindade. Em mais de um ano, tudo o que consegui foi pegar no peitinho. Não, minto. Eu consegui pegar na xoxota dela. Porra, esse poema deve ser do caralho. Põe do caralho nisso.

Lembramos às gargalhadas de muitas outras mulheres que conheci nas casas dos Junqueira, que me eram impostas como condição para que continuasse frequentando a família e desfrutando da amizade dele, o irresistível Otávio Junqueira.

– E isso porque não falamos das minhas mulheres que você voyeurizou, amando-as de tabela, beijando-as com minha língua, comendo-as com meu pau.

– Diga o nome de uma delas – desafiei.
– A primeira que eu percebi foi a Cecília.

Devo ter corado como as heroínas das minhas histórias de amor ao serem flagradas desejando os maravilhosos homens que invadem suas vidas insípidas. Senti-me como se tivesse sido flagrado no pior dos delitos. No mais hediondo dos crimes – desses que a gente só confessa sob tortura, no pau de arara, com choque elétrico no saco.

– Era tão na cara assim?
– Não era o óbvio ululante, mas dava pra notar.

– Que vergonha!
– Vergonha, nada. A gente até facilitava pra você.
– Não acredito.
– Lembra aquele dia que você ficou espiando nossa transa na piscina de Petrópolis? Acho que foi no dia dos mortos de 1982.
– Porra, mas eu fiquei atrás da moita! Como é que vocês me viram?
– A gente ouviu seus passos quando você começou a descer a escada do jardim. Se não me falha a memória, você chegou a escorregar e a soltar um palavrão.
– Vocês passaram horas transando.
– Eu tinha que mostrar desempenho. É um jogo. Quem está sendo observado sente o mesmo prazer de quem está olhando. Mais ou menos como a mulher que a gente chama de gostosa no ônibus. Ela reclama, mas adora. Não existe voyeur sem exibicionista.
– A Cecília... Ela era linda... Um monumento!

Surgiram outros nomes de mulher que marcaram minha vida sexual – tanto a ativa quanto a contemplativa. Sofia, Rafaela, Eliane, Estela, Roberta, Luzia e Ângela, minha amada Ângela. Minha vida sexual acabou no dia em que Otávio Junqueira rompeu comigo.

– Você continua indo ao NA?
– Não ia lá havia cinco anos. Mas fui no sábado, atrás de ajuda pra Laís. Acho que estou precisando voltar.
– É assim, pra vida toda?
– A doença é incurável, não podemos interromper o tratamento. A não ser que a gente queira recair.
– Foi isso que aconteceu com Duda?

— Pelo que soube, com ele houve outras complicações.
— Tipo?
— Ele começou a perturbar um companheiro que tinha transtorno bipolar do humor, dizendo que o cara não estava limpo porque tomava antidepressivo. O cara foi na onda dele, parou de tomar remédio e se atirou pela janela.
— Quem tá no NA não pode tomar antidepressivo?
— Antidepressivo é droga. Lógico que é.
— Se é assim, eu vivo drogado.
— Ah, é?
— Comecei a tomar bola quando você ainda era nosso editor. Por causa da Cristina Xavier, lembra?
— Como não lembrar daquela menina insolente pra quem quase perdi meu lugar na editora? Vivia tomando decisões sem me consultar. Quando eu as questionava nas reuniões do editorial, ela dizia que chegava às nove da manhã, e não podia ficar me esperando pra tomar decisões.
— Nunca achei que eu fosse viver uma paixão daquele jeito — acrescentou Tavinho, nostálgico.
— O maior pegador do Rio de Janeiro babando por uma menininha de vinte e poucos anos.
— Ela me deixou no dia que aconteceu a tragédia com a Ângela.
— Na festa?
— Não, a Cristina não estava na festa. A gente ficou esperando ela chegar. Eu tinha levado um anel de noivado pra ela. Se ela vai naquela festa de ano-novo, eu pedia a mão dela.
— A mão, o pé, o coração, o destino.
— Aí ela ligou, dizendo que ia pra Europa com um italiano.

— Uma idiota mesmo. Jogou fora a maior oportunidade da vida dela pra viver um amor com um italiano que aposto que, se muito, durou três anos.
— Olha quem fala.
— Eu não estava no meu juízo perfeito.
— Ela era linda.
— Pensei que você fosse se jogar pela janela naquele noite.
— O desespero foi tão grande que nem vi quando aquelas garotas de programa chegaram.

A lembrança das meninas voltou a mexer com a minha pélvis. As maravilhosas meninas do Joviniano, o melhor cafetão do Rio de Janeiro. Ângela ficava louca quando nós as contratávamos.

— Vocês, vencedores, são uns mimados. Não podem sofrer uma ferida narcísica que o mundo desaba.
— Vocês, perdedores, acham que dinheiro, poder e fama tiram nossa humanidade.
— Coitado do Otávio Junqueira. *Poverello*.
— Como diz o velho ditado, no dos outros...
— Vocês é que são de cristal. Queria ver se você perdesse a mulher do jeito que eu perdi.

O exemplo não procedia. Dopara o luto de forma tal que, menos de um mês depois da morte da Ângela, estava aos beijos e abraços com uma das meninas do Joviniano. Só fui sentir aquela dor, e aí misturada com outras dores, quando Tavinho me demitiu. Levei minha vida normalmente, com tudo o que ela tinha de anormal, até perder a única coisa que importava: o título de editor de uma grande casa editorial. Anestesiei todas as outras perdas com uma rapa de pó: dentes, amigos, juventude, Ângela. Enquanto tive aquele título, o máximo de sentimento que permitia era deitar-me no silêncio do ar-condicionado e cantar desafinado: "Socorro, alguém me dê um coração, que esse já não bate nem apanha."

— Quantas vezes a empresa pagou clínica de desintoxicação para você?

— Não lembro.

— Cinco! Vi as faturas no dia em que comecei a procurar clínica pra internar o Rogerinho.

— Você descontava do meu salário.

— Descontava nada. Só comecei a descontar depois que você começou a levar para o morro os enfermeiros que a editora estava pagando. Além do quê, o pessoal começou a ficar revoltado com você. Eu apertando a editora de todos os lados e você gastando como um sheik árabe.

— Nada a ver. Você parou de pagar porque, depois que levou um pé na bunda da insolente da Cristina Xavier, começou a achar que ia falir. Porra, acho que pirei porque não aguentava mais seus chiliques no corredor. Você começou a cortar tudo. Economizou do papel higiênico ao vinho oferecido nas noites de autógrafo. Não foi à toa que embarcou na onda do canalha do Duda, quando ele fez aquela matéria me detonando.

— Mas aí eu mudei de psiquiatra e tudo melhorou. Aquela descompensação toda era fruto de medicação errada.

— Você tomou remédio até quando?

— Tomo até hoje.

— Até hoje?

— Você acha que estou indo resgatar o meu sobrinho de careta?

— Mas hoje é um dia especial.

— Especial, nada. Todo dia eu tenho um sobrinho pra resgatar. E se não tiver um bom Prozac, não tem lista dos mais vendidos que me dê uma boa noite de sono.

— Coitado do Otávio Junqueira. *Poverello*.

Tavinho adorava dirigir e concentrou-se na estrada. Eu não conhecia a Rio-Lagos, que praticamente acabara com os engarrafamentos que quase me enlouqueceram nas muitas vezes em que fiz este trajeto pancadão de pó, travado por dentro e por fora. A velocidade era outra, ainda mais numa segunda-feira. O velocímetro do Jaguar acusava velocidade de Fórmula 1. Duzentos, Maricá, duzentos e tal, Saquarema, trezentos por hora, Araruama.

— Antes de chegar — ele disse quando passamos por uma placa anunciando a entrada de Búzios dali a cinco quilômetros — queria perguntar sobre as chances.

— De quem?

— Rogerinho.

— O problema é que ele é jovem e rico.

— E daí?

— E daí que os jovens ricos não acreditam na morte. E só para de se drogar quem acredita na morte.

Quando Tavinho parou seu Jaguar no estacionamento da Casas Brancas, não esperava encontrar o Suzuki de Cid.

capítulo treze

Não ousaria dizer o momento exato em que resolvi me drogar – ainda que sempre tenha tido uma curiosidade quase acadêmica sobre o momento que antecede uma recaída entre as muitas que vi tanto na clínica quanto na irmandade. Acharia pobre, no entanto, se alguém me dissesse que ela começou no momento em que estendi a mão para Laís. Nunca acreditei na história de que é mais fácil quem está embaixo da mesa puxar quem está em cima, embora os companheiros usem uma lei da física para desaconselhar esse tipo de ajuda ainda mais quando ela é oferecida por caititus desgarrados como eu. O próprio décimo segundo passo fala da necessidade de se levar a mensagem para os adictos que ainda sofrem.

Muita coisa aconteceu desde sexta-feira, quando Laís chegou lá em casa pancadona, com medo de ser descoberta pelo padrasto, o famigerado coronel Renato. Entre os fatos que neste momento sinto necessidade de enumerar estão as mentiras que envolvem a relação entre Laís e o coronel. Chocou-me saber que fora violentada por ele, mas deixou-me ainda mais surpreso descobrir que foi ela quem o seduziu para atingir a mãe, a quem nunca perdoou desde que traiu o pai com o melhor amigo dele, o próprio coronel. Admirei-me também ao saber as razões para que ele a procurasse como um louco enfurecido pela cidade. Na verdade, ele queria um dinheiro que os dois tinham depositado em um paraíso fiscal do Caribe. Também chapei quando soube que em momento algum ela estava fugindo dele.

— Foi você que não me deixou ver o cara — ela me disse quando vi os dois em uma suíte da Casas Brancas ou em algum momento que não posso precisar, agora que até minha alma está trincada.

Nunca achei que Laís fosse uma pobre coitada, pois sei onde e como a conheci. Além de garota de programa, era uma drogada. A única dúvida que podia ter em relação a ela é se chegara à prostituição por causa da dependência química ou se começara a se drogar para suportar as barras da prostituição. Mas mesmo entre os viciados que mais se acanalharam a gente espera um mínimo de bondade.

O que realmente me deixou chocado foi ver quem estava na suíte da Casas Brancas. Senti-me em um filme de terror surrealista quando encontrei na mesma suíte (era uma simples coincidência ou algum filho da puta a escolheu para macular as memórias que tenho da boceta de Mônica, oferecida a meus olhos sedentos de desconhecido ali mesmo?) todas as pessoas com quem havia cruzado nos últimos dias, que aparentemente não tinham a menor relação entre si. O fato é que do Suzuki de Cid cheguei ao coronel, do coronel a Laís, de Laís a Rogerinho e de Rogerinho a Duda. Quando Tavinho e eu entramos na suíte, estavam todos nus. Com exceção de Cid, estavam todos se drogando com o Special K em que Rogerinho se viciara em sua temporada na Inglaterra e que até aquele momento eu achava que havia sido introduzido na clínica por Cid, mas (e não me perguntem como eu sei) foi colocado nos pertences de Rogerinho pelo "cínico" Tavinho.

— Caralho — disse quando vi a cena, que ainda tenho dificuldade de descrever.

Corrijo agora a cena, e não porque tenha o dom de interferir naquilo que já aconteceu, mas porque ainda tenho capacidade para desfazer a confusão mental provocada pela droga ou tão somente pela certeza de que desta vez não resistirei a ela. É por isso que retiro Cid da cena, formada naquele momento por um triângulo no qual em um dos vértices estava o coronel com um pau de tamanho colossal e, no outro, a voraz boca de Laís, cujos lábios ressecados procuravam se refrescar na promessa de gozo proveniente daquele membro repleto de veias.

A terceira pessoa ali presente era Duda, que começava a penetrá-la por trás sem nenhum tipo de lubrificação, com o claro desejo de machucá-la. Mais do que nunca, Laís me lembrou Ângela. Ângela adorava aquela posição em que duplamente se submetia aos caprichos dos homens não porque a humilhação pudesse lhe proporcionar algum tipo de gozo, mas porque sabia que aquilo me afetava profundamente. Fazia isso sistematicamente desde que descobrira o sexo coletivo em um inferninho de Copacabana, enquanto levantava histórias para uma reportagem sobre garotas de programa para o *Jornal do Brasil*. Fez isso inclusive na noite da sua morte. Em todas elas, revoltei-me ao ponto de querer espancá-la. Tinha o direito de dar um tapa na cara de Laís?

Quando entrei na suíte, estranhei a indiferença de todos os personagens em relação a nossa chegada e a naturalidade com que Cid entrou na cena, como se estivéssemos chegando não à suíte, mas à piscina da pousada em um dia ensolarado. Mas o que mais me impressionou naquilo tudo foi a presença de Rogerinho, quase invisível por trás do balcão do bar. Como eu, tinha muito mais prazer em ver a cena do que em participar. Sua ereção era tão volumosa como as que tive ao ver as trepadas de Tavinho e Cecília em Petrópolis. Pegava levemente no pau, que retirara não sem algum pudor da calça jeans. Tive a sensação de que seria a última pessoa a gozar ali. Talvez só eu gozasse depois dele – e não por causa dos problemas de ereção que me acompanhavam desde o início da minha abstinência. Se gozasse depois dele seria porque aprendera a fazer todas as manobras para retardar ao máximo o orgasmo quando via Ângela trepando com outros homens.

Vi então que Rogerinho deu uma cheirada em uma carreira branca, que primeiro pensei que fosse cocaína e só depois vi que era o tal do Special K. Tive tanta dificuldade de não lhe pedir um tequinho quanto de não botar o pau para fora e ficar brincando tal qual ele, Rogerinho, estava fazendo. Mas aí a memória começou a trabalhar. Se agora acho que foi por tê-la reencontrado que terminei me drogando, naquele momento foi a recordação de tudo que me impediu de entrar naquela cena.

E a primeira imagem que me veio foi a da despretensiosa visita que fizemos ao dancing Don Juan, que fica no famoso Beco das Garrafas, em Copacabana. Foi lá a primeira vez que vi uma suruba ao vivo e em cores. Eu estava com Ângela, com quem era tão feliz quanto poderiam ser um homem e uma mulher drogados, casados havia cerca de quatro anos. Minto e por isso me corrijo mais uma vez. Ângela veio a se drogar muito, tendo morrido numa overdose na mesma noite de ano-novo em que Tavinho levou um pé na bunda da insolente da Cristina

Xavier. Mas quando fomos ao Don Juan ela ainda não se drogava. Era uma repórter brilhante, muito mais interessada em descobrir as entranhas da cidade partida do que em se tornar um de seus podres personagens.

A imagem daquela suruba não saiu da nossa cabeça, mesmo depois da publicação da matéria que viria a lhe dar um Prêmio Esso. Na mesma noite em que fui seu guarda-costas, demos uma trepada papai-mamãe (nunca fui muito criativo na cama) fantasiando que eu estava comendo sua bunda e que ela estava sendo chupada pelo casal de mulheres que trepou em cima da nossa mesa, uma com a boca em seus seios perfeitos e a outra com a boca em sua boceta, que só não era mais sensacional porque jamais a raspou. Teve um puta orgasmo. Como talvez nunca tivesse tido comigo.

– Em quem você estava pensando? – perguntei no dia seguinte, quando acordamos.

Ela demorou a admitir a fantasia que criou em sua cabeça e eu, desconfiado daquele ruidoso orgasmo em um papai-mamãe banal, demorei a aceitar que ela não tinha sonhado com outros homens além de mim. No meio desse embate, gozei, imaginando-a sendo enrabada por outro homem, com a boca em outro pau.

– Queria comemorar em Copacabana – ela disse meses depois, no dia em que recebeu o Prêmio Esso pela sua reportagem, quando aquela suruba era uma sombra tão escura em nossa memória como o salão acarpetado em que se dera.

Achei a coisa mais natural do mundo, ainda que no café da manhã que se seguiu a nossa primeira noite no Don Juan eu tenha lhe dito que tinha medo de acabar com nosso casamento por causa de perversões sexuais.

— Sempre fantasiei com um suingue — eu disse entre um gole de café e um pedaço de torrada com geleia de rosas, que comprávamos sempre que íamos passar o fim de semana em uma pousada ecológica em Santo Aleixo. — Só não te proponho com medo de a gente perder o desejo um pelo outro e só se excitar com novas e maiores perversões.

Eu já era um drogado insano. Mas tentava preservar meu casamento de todas as formas. Talvez intuísse que ele era o último bastião da minha saúde mental. Por isso, demorei a ceder às fantasias de ela transar com outros homens, ainda que estivéssemos naquela fase de normalidade prevista por Reich, psicanalista austríaco que dizia que o desejo sexual desaparece depois do quarto ano. Estávamos no quinto.

— Olha que mulher mais gostosa — disse um dos dançarinos da boate, aproximando-se de nossa mesa como fizera aquele casal de mulheres que depois habitariam a fantasia de Ângela.

Ele fez um carinho no seu cabelo, talvez testando sua disponibilidade para participar das surubas que rolavam no andar superior. Ela ficou travada, mas conduzi uma de suas mãos até o musculoso torso do homem, cujo nome de guerra era Jeff.

— É só uma brincadeira — eu disse, com o ar mais inocente do mundo.

Era o que ela precisava para se sentir à vontade e dar início à fantasia que temia na mesma intensidade que desejava. Colocou então uma cédula de 10 dólares em sua sunga, imitando uma cena que vira em um filme hollywoodiano a que acabáramos de assistir. Mas o medo ficou patente em seu rosto quando Jeff tentou retribuir a gorjeta com um beijo em seu cangote.

— Vamos embora — ela disse com o rosto afogueado.

— Calma, bebê — respondi.

Ela não usava drogas – e na época tinha um discurso careta, achando que a juventude do asfalto alimentava a guerra dos morros. Mas como era um dia tão especial quanto o lugar, talvez houvesse chance de ela cheirar uma das flechas que estiquei ali mesmo sobre a mesa.

– Quer? – perguntei, como se estivesse lhe oferecendo o abre-te sésamo de que precisava para realizar suas fantasias.

Ela quis. E já na primeira carreira tinha entrado no jogo que jamais lhe propus diretamente, ainda que tivesse sugerido em diversas ocasiões. E o jogou não com o Jeff, que só veio a entrar em cena bem depois. Era um jogo do qual participariam as mulheres que fariam de mim o garanhão que sempre invejei no Tavinho e que toda vez que lhe sugeria ela ria, dizendo que os homens são todos iguais.

– Você beija gostoso, Simone – ela disse quando subimos com a primeira mulher.

Ela se deixou possuir por Simone, adotando até então a postura passiva que muitas vezes me deixara irritado na cama, sentindo-me lesado, por dar mais do que recebia. Simone fez tudo que fantasiara na primeira noite em que fomos ao puteiro, chupando sua boceta enquanto eu a penetrava por trás. Ali tive certeza de que mentira para mim na primeira noite em que fomos ao Don Juan, pois ainda que mandássemos subir outra mulher (uma mulher chupando sua boceta, outra mamando seus peitos volumosos e eu comendo seu cu), nada a satisfazia.

– Por que você não chama o Jeff? – argumentei, depois de bater uma série de carreiras que ela, a Simone, a Marta (este é o nome da segunda mulher que mandamos subir) e eu cheiramos.

Ela cheirou sua carreira e concordou com um movimento de cabeça, talvez com medo de dar nome àquela perversão cuja autoria, ao me lembrar agora, depois de cheirar uma das carreiras de Special K que Rogerinho distribuiu na suíte da Casas Brancas, não sei se foi dela ou minha.

Jeff chegou e a penetrou com uma delicadeza que jamais tive, ainda que tenha tentado aprendê-la e apreendê-la depois do voluptuoso orgasmo que ela teve enquanto eu apenas a contemplava. Lembrei naquele momento (e agora também) do modo como Tavinho fazia sexo. Tavinho nunca foi voraz. As mulheres sempre amaram Tavinho, mas nunca acreditei que esse amor era por causa da maneira como as comia ou da atenção que sempre lhes deu. Para mim, Cristina era o emblema das relações que mantinha com as mulheres. Ela ficou com ele enquanto deu mais importância à carreira do que ao amor romântico. O amor romântico, ela o viveu com o italiano. Acho que o italiano era tão delicado quanto Jeff estava sendo com Ângela, que, mais excitada do que nunca com suas mãos ágeis e seus beijos molhados, respondeu a suas carícias com uma atividade febril que jamais tivera comigo.

– Sua puta – eu disse quando voltamos para casa num violento acesso de ciúme, ao final do qual tinha quebrado os copos que trouxera de Londres, pelos quais ela tinha um apego talvez maior do que a mim. – Você chupou o cara como nunca me chupou.

A onda do pó estava terminando e, assustado, descobri que aquele acesso de raiva devolveu a ereção que a coca sempre me roubava a partir do quarto ou quinto teco. Bater em Ângela tornou-se então o início de um círculo vicioso que começava com uma carreira de pó, passava por um telefonema para Joviniano, que depois trazia mais drogas, homens e mulheres que se atracavam com ela e faziam um sexo quente e pegajoso que eu só conseguia fazer depois de vê-la gozar como Laís estava gozando agora, mamando o coronel, sendo enrabada por Duda, chupada por Cid e observada com atenção por Rogerinho, o menino que hoje sentia o prazer que aprendeu a propor e a proporcionar comigo e com a Ângela. Cadê o Tavinho, caralho? O cara entrou aqui com uma pasta 007 contendo 50 mil euros e depois sumiu. Medo de escândalo?

Foi sempre assim desde aquela tarde em Petrópolis em que Rogerinho chegou na piscina perguntando quando é que ele próprio ia virar homem e aí Tavinho, Ângela e eu lhe oferecemos o primeiro baseado de sua vida, depois do qual eu dei um beijo em Ângela com um ardor que ela entendeu como uma sugestão para que iniciasse sexualmente o pobre do Rogerinho, o que talvez fosse tão verdadeiro quanto a primeira vez que participamos de um suingue, que eu, com toda sinceridade que me permite esta rapa de Special K distribuída por Rogerinho, não sei dizer se foi uma iniciativa minha ou dela, ainda que em minha culpa pelo trágico destino tanto de Ângela como de Rogerinho ache que tenha sido minha, por eu ser um corruptor de menores ou, no mínimo, de pessoas tão ingênuas como a pura Ângela. Por ser um incorrigível filho da puta, hei de amargar a culpa até eu próprio morrer de overdose, como tenho certeza de que dessa vez não tem São Jorge que me proteja.

Mas hoje vai ter uma diferença em relação às fases daquele círculo vicioso, que inclusive no dia em que ela iniciou o Rogerinho terminou com um ataque de fúria de minha parte, durante o qual eu acariciava seu seio com uma das mãos e socava sua cara com a outra, beijava seu sexo depois de morder suas pernas, esporrava em sua cara enquanto dizia eu te odeio, meu amor. E a diferença é que não terminaria minha noite ao lado dela, do mesmo modo como não terminara aquela noite de ano-novo, que no entanto estava começando da mesma forma, com drogas inaladas, corpos nus, sussurros femininos e meus olhos ávidos acompanhando cada movimento e cada gemido com uma sede de conhecimento que só tive quando me alumbrei com os livros que minha mãe me apresentou – minha mãe que sempre disse que se eu queria ver uma mulher nua devia ler *Madame Bovary*, de Gustave Flaubert.

Rogerinho ainda hoje tem uma cicatriz na testa, do soco que lhe dei quando ousou defender sua primeira e mais tórrida amante, a minha Ângela, que, como Tavinho costumava fazer, tinha performances arrebatadoras porque na verdade não lhe importava o prazer do sexo, mas as sensações que despertava na plateia enfeitiçada com sua exibição. Coitado do Rogerinho, que acreditou naquele teatro do qual era mero coadjuvante de uma cena cujo clímax aconteceria quando mais uma vez eu ia chamá-la de puta safada e ia lhe dar um safanão porque com o frangote do Rogerinho ela tinha muito mais tesão do que comigo, a única pessoa que de fato a amava, a única pessoa que estaria com ela depois daquele espetáculo que Rogerinho está tentando reinventar com novos atores, outras drogas e um público diferente, mas infelizmente com o mesmo e repetido enredo.

Mas exatamente por ser repetitivo lá estava eu sob o jugo do Rogerinho, que num passado remoto fora uma presa fácil do meu teatro e agora estava me levando de roldão em seu círculo vicioso. Como ele, quando mergulhou no sexo quente de Ângela, não percebi que estava em um espetáculo no qual só me cabia aplaudir no final, ainda que soubesse que ele não tinha nada de novo em relação àquele que protagonizara. O que estava fazendo ali?, perguntei-me quando vi o Suzuki de Cid, achando que fôramos aproximados pelos liames do destino do mesmo modo que nos acontecera quando nos reencontramos na Vila Serena, havia quase dez anos. Mas Cid era um falsificador quase que nato, vivia de copiar ingressos para jogos no Maracanã. Era um dos grandes fomentadores da indústria de vale-transporte que durante anos encheu as ruas da cidade de camelôs, chegando inclusive a fazer o passaporte que usei na minha única viagem ao exterior após ficar limpo. Não podia esperar nada confiável por parte de um filho da puta que sequer poupara a vida do deus que salvara a vida de nós todos e que seria a única pessoa que poderia resgatar Laís, a musa do Kalessa que por todos os meios tentara comer, primeiro quando ela era a principal stripper do cabaré, depois quando tentou embebedá-la no NA e, por fim, ao descobrir seu blog, quando ainda publicava as fotos dos seus tempos áureos e usava Camila como nome de guerra.

— Cid — eu disse ao vê-lo na recepção da pousada em que me hospedara pela primeira vez nos anos de minha complicada adolescência, com o dinheiro que dona Helena Junqueira me dera para que pudesse ir a uma concorrida festa que organizara na casa de Búzios.

— Porra, Tony — disse ele, fazendo uma cara de surpresa na qual ainda acreditei. — Você falou tanto dessa pousada em sua hora da saudade que terminei vindo ver como era.

Lembrei que estava puto com ele — por causa do jogo canalha que fizera com Laís, que resultara na morte do doutor Narciso. Estava enlevado com o reencontro com Tavinho e com

Búzios, talvez o lugar que mais marcou minha vida e que não à toa era o tema de que mais falava no que Cid chamava de hora da saudade, nas minhas partilhas tanto na clínica do dr. Narciso quanto no NA.

– Só você para fazer festinha depois de matar o doutor – disse.

– Você não sabe de nada – ele disse.

– A única coisa que eu sei é que você trocou a vida do doutor por uma dívida com a polícia.

– Quem foi que disse isso?

– Laís... Quer dizer, a Camila.

– A Camila também não sabe de nada. E vai morrer por causa disso. Esse é o fim de todas as pessoas ingênuas que entraram nesse jogo.

– Jogo? Que jogo?

Tavinho chegou na recepção, surpreendendo-nos.

– Eu devia ter desconfiado – ele disse, quando viu Cid conversando comigo.

Tavinho era uma pessoa rancorosa, como deixara claro no ódio que guardara ao longo desses últimos quinze anos. Mas conseguiu ser ainda mais hostil com Cid, a quem jamais perdoou desde que soube que era ele quem estava comandando o esquema de pirataria dos seus livros. Eu já não trabalhava para ele quando explodiu nos jornais o escândalo, do qual só tomei conhecimento porque começou nas salas de NA. Ele cometeu o erro de ir para a cabeceira de mesa confessar a culpa que sentia por estar fraudando o amigo de infância, rodando livros numa quantidade maior do que a encomendada e distribuindo-os por intermédio de um eficiente esquema de camelôs que tomavam conta do Centro da cidade. Não, ele não mandou a notícia para os jornais. Para os jornais, ele mandou a minha. Arrependeu-se depois, soube pelo próprio Cid em nossos idos de Vila Serena. Não queria voltar a comprometer a imagem de sua editora com assuntos internos, o que aprendera com os estragos causados pela minha rumorosa demissão.

– Vocês fizeram as pazes? – Cid perguntou, incrédulo.

A inimizade com Tavinho tivera como ponto de partida a quebra de uma das principais tradições de NA, que pede para que os membros da irmandade guardem o sigilo das pessoas que fazem partilha na cabeceira de mesa. Cid não medira as consequências de confessar o sentimento de culpa em relação ao amigo de tempos imemoriais, que estava mobilizando os editores para combater a venda de livros nos camelôs da cidade, uma prática comum até meados da década de 1990. Duda estava presente no dia desse desabafo e o denunciou a Tavinho. Estava na ocasião menos preocupado em zelar pelo patrimônio da Junqueira do que em se vingar do homem com quem pegara sua mulher no banheiro da sala de NA que ele começara a frequentar, justamente num momento em que estava dizendo para o grupo que não estava limpo por ele, mas por ela. Por causa do incomensurável amor que sentia por ela.

– Isso não é da sua conta – Tavinho disse.

Por causa da intriga de Duda, Cid terminara preso, mas, como jamais conseguiram provar seu envolvimento com a máfia dos livros, terminou saindo da cadeia bem antes do tempo previsto e, mais importante, como dono da gráfica que Tavinho comprara para se tornar mais competitivo em um mercado em que as encomendas do governo eram tão ou mais importantes que os exemplares vendidos nas livrarias. Parte do desejo de Tavinho de se desfazer da editora se devia ao desgosto e às custas judiciais da arrastada batalha que travara com o amigo de infância. Jamais contabilizara o prejuízo material e emocional daquela derrota, inédita na vida da editora.

— Espero que vocês também estejam aqui para salvar a vida da Camila — disse Cid.

— Tony, você despacha esse sujeito aí enquanto eu suspendo a nossa reserva — Tavinho disse olhando só para mim, ignorando a presença de Cid na recepção. — Você mata a saudade da pousada em outra oportunidade — acrescentou, com um tom pesaroso.

Pensei em conter o arroubo de Tavinho, mas tinha havido mortes demais para que ignorasse uma referência a jogos mortais, eliminando os parceiros menos precavidos.

— Você falou de um jogo, Cid...

— Estou tentando falar deste jogo desde cedo, mas você não quer me dar ouvidos...

— Agora estou dando.

Ele explicou então, falando que realmente estava tendo problema com a polícia, mas não com o coronel Renato.

— O coronel Renato é coisa do Duda e do Tavinho — ele disse.

Naquele momento a informação me pareceu delirante e, por pouco, não o mandei à merda. Mas lembrei de uma das máximas de NA que diz que, se temos dois ouvidos e uma só boca, devemos escutar mais do que falar.

— Quem está me roendo é outro homem — ele acrescentou. — E com esse homem eu negociei não o endereço de Camila, que eu amo de todo coração, e tudo farei para salvá-la.

— O que foi que você negociou com ele, então? — perguntei, impaciente.

— Eu negociei o coronel Renato, de quem ouvi falar por seu intermédio. Foi você quem disse que ele estava na cidade. O meu polícia chega aqui daqui a pouco, e vai ser rodo geral.

Eu ainda não havia recaído, mas acho que foi ali que começou a sensação de estranhamento, de não pertencimento àquela cena, de exclusão do próprio mundo, da vida. Não conheço melhor descrição para a sensação de estar drogado. É esta a sensação que tenho no momento. É como um mergulho, em que a gente já não pertence nem ao penhasco do qual se lançou nem ao solo no qual ainda não caiu. Gostaria de que o mergulho fosse como o daquele conto de que Gabriel García Márquez fala como sendo um dos dois melhores que leu em toda a sua vida, em que o narrador descreve a queda de um edifício. Como gostaria de, ao final desta viagem que é puro desespero, estar arrependido de ter lançado mão da vida, encantado com o espetáculo a que tivera acesso pelas janelas entreabertas. Mas não, no meu caso, não. Cada nesga da realidade que descobria só fazia aumentar o desgosto, o desânimo, a angústia.

— O coronel Renato ficou famoso como torturador na ditadura, mas sua atividade principal sempre foi a de extorquir bandidos.

Ele me contou então a ligação entre o coronel Renato e o policial que estava roendo suas finanças, pedindo-lhe propinas cada vez maiores para continuar com seu negócio. Tinha sido um grande assalto a banco, um dos maiores da história do Brasil. Houve uma verdadeira correria entre os policiais de todas as fardas, para ver quem chegava primeiro ao butim. Ocorreram muitas mortes e prisões de pessoas ligadas à segurança pública, dentre as quais o tal policial cujo nome e cujas características ele fazia mistério.

— Esse cara foi preso de bucha, acusado de ter metido a mão no dinheiro do assalto.

Conheceram-se na cadeia e, como esse policial havia se tornado a própria encarnação do mal, ficou fácil para que ele assumisse todas as acusações feitas a Cid. Agora que saíra da cadeia, queria o dinheiro em que o acusaram de ter metido a mão e que, na verdade, estava com o coronel Renato. Foi esse o dinheiro depositado em um paraíso fiscal, de que Laís se apossara? Ou estou confundindo alho com caralho mais uma vez?

— Que mal lhe pergunte — disse, depois de ouvir sua longa explanação —, como é que você entrou nessa história toda?

— Fui procurado pelo Duda, que queria localizar a musa do Cabaré Kalessa.

Voltei a me perguntar se tudo não passava de uma alucinação do Special K que ainda não cheirara quando Tavinho reapareceu com suas passadas sempre decididas, trazendo nas mãos a pasta 007 com os 50 mil euros que pegara no cofre escondido por trás de um retrato do pai, pendurado na parede às costas de sua mesa de trabalho.

— Você não ia procurar outra pousada? — perguntei ao vê-lo passar por nós.

— Ia — respondeu como uma aparição, com uma voz cavernosa que reverberou pelo corredor como se eu já estivesse de porre, como se tudo aquilo estivesse destinado a figurar em um quadro de amnésia alcoólica.

Segui Tavinho como fiz ao longo de minha vida, por não ter alternativa, por ser o único farol capaz de me tirar de mim mesmo. Essa foi a primeira vez que segui-lo me trouxe um enorme arrependimento, porque, quando ele abriu a porta do terceiro quarto à direita, comecei a ouvir a música e os risos que até agora ecoam como a trilha sonora da minha recaída, a canção para o inferno que espero que termine logo. Ou então que aguarde só mais um pouquinho, só o tempo de eu cheirar mais uma carreira, pois com certeza o mundo há de ser outro depois da próxima dose. O pior de tudo é que agora não sei mais de nada, nem mesmo onde fica o inferno. Será que se eu der mais um teco enfim vou descobrir se o inferno está nas profundezas da terra, nos outros ou em mim? Caralho, bem que me disseram que esse tal de Special K era foda. Uma tripinha de nada equivale a um braço inteiro de pó.

A porta então se abriu e aí eu vi. Vou chamá-la de cena primária, ainda que com isso eu me sinta mais freudiano do que jamais me imaginei ser, inclusive na época em que gastava os tubos com sessões de psicanálise que de nada poderiam servir, já que só ia trincado, achando que estava enganando o doutor quando só estava enganando a mim mesmo, pagando por um serviço de que não estava desfrutando. E a cena primária era composta não apenas de papai comendo mamãe, cena essa que testemunhei em uma sufocante noite de Copacabana, ainda que tivesse a certeza de que minha mãe amava Madame Bovary porque com ela se identificava como uma mulher eternamente insatisfeita. Na verdade, a cena primária da minha recaída era composta pela mulher que amei em silêncio desde que a vi caída na Praça do Lido e soube que, se fosse assumir esse desejo que durante quinze anos mantive latente, iria cair nas profundezas do inferno. E nessa queda, que era pura vertigem, eu ia ver como o mundo era podre e vil.

Vamos retomar o fio da meada – ainda que para isso precise tomar mais um gole do espumante que borbulha na taça que seguro com mãos trêmulas. E, no começo de tudo, estava Laís nua, talvez tão perfeita como nas noites do Cabaré Kalessa, que evitei com medo de que elas fossem o começo do inferno tropical em que pontificava como a Afrodite que Tavinho e eu vislumbráramos em Mônica no perfeito verão de 1970, quando o Brasil foi tricampeão e eu vi uma mulher nua pela primeira vez na vida, ali mesmo em Búzios, na praia que invadia as janelas da Pousada Casas Brancas.

Laís fez com que me sentisse drogado antes mesmo de tomar a primeira dose que vinha adiando havia quinze anos – desde o dia em que Duda publicou a matéria que destruiu minha vida profissional para todo o sempre, provando por A mais B que, em minha insanidade, eu era capaz de dar uma volta até no Tavinho, um dos três mosqueteiros do bom e velho Pedro II. Mas que porra o Duda estava fazendo ali, enrabando a Laís? Viagem minha? O que há de real e alucinação nisso tudo?

Como acreditar na imagem capturada pelos meus olhos míopes? Como acreditar que um homem elegante como Tavinho poderia invadir a intimidade do coronel Renato, de Laís, de Rogerinho e de Duda para entregar uma pasta 007 com os 50 mil euros, lançando-lhe em seguida um olhar desafiador para que publicasse a reportagem com que seu sobrinho acreditava destruir sua reputação. Era tão poderoso o olhar que depositou em Duda que nada mais lhe restou a fazer senão apartar-se de Laís (havia um pouco de cocô em seu pau?) e caminhar com passos trôpegos (e já não se via ereção alguma) em direção a Rogerinho a fim de cheirar uma das carreiras de Special K que ele batia metodicamente sobre a mesa.

O mundo parecia parar mesmo depois que ele girou sobre seus sapatos de couro alemão e saiu do quarto com a certeza de que aquele gesto, de que um gesto tão simples quanto o de Pilatos lavando as mãos fora suficiente para decretar um final tão patético para Duda. Abandonava a cena com a convicção de que lhe bastava não interferir para que seu puxa-saco oficial enfim cumprisse a sina para a qual sua vida se encaminhava desde sempre, mergulhando no abismo que até então não caíra porque entre ele e o nada sempre houve a mão salvadora de Tavinho – a mesma que agora ele retirava com a consciência de que bastava a sua omissão para que Duda começasse a se drogar como um porco que vai comer até explodir. E a sua explosão teria um quê de ridículo – assim como as meias gastas que esquecera de tirar na pressa de enrabar Laís, o pau murcho como uma flor no inverno e acima de tudo aquela pasta 007, compatível com muitos ambientes, inclusive com aquele quarto de uma elegância sóbria, não estivessem dentro dele personagens de uma suruba improvável, literária, inverossímil mesmo. A explosão de Duda teria um quê de ridículo, mas ninguém deixaria de fazer o que estava fazendo para livrá-lo de suas meias gastas e sua pasta 007, cujo conteúdo mudaria de mãos tão logo aquele porco carente explodisse ao tentar preencher tantos buracos, ao tentar ocupar tantos vazios, ao tentar compensar de uma só feita tantas carências, uma vida tão incompleta. (Ele não vai limpar o cocô do pau antes de se atirar no abismo?)

Será que comecei a me drogar para reeditar a velha competição com Duda, com quem ao longo de anos disputei um lugar no coração da família Junqueira e principalmente do Tavinho? Se foi assim, eu estava me rebaixando como nunca fizera em nossa história, ao longo da qual sempre estive um passo à frente e só fui alcançado, sempre de modo traiçoeiro, quando tropecei nas minhas próprias armadilhas. Por que me colocar no nível de um cara como o Duda, que, se não está se corroendo com coisas comezinhas como o fato de a família Junqueira ter me escolhido, está remoendo a traição da mulher no banheiro da irmandade com o melhor amigo, ou está se lamentando porque ao se vingar de Cid terminou se sentindo responsável pela sua prisão? Será que fui eu, e não ele, que não fiz nada para impedir a morte do pai alcoólatra numa quitinete do Rajá, uma favela de tijolo e concreto armado na praia de Botafogo? Será que fui eu, e não ele, que ordenou que um de seus afilhados no NA suspendesse a medicação que estava tomando para suportar a pressão que é viver neste inferno composto de profundezas, de outros e de nós mesmos? Se não era eu que tinha visitado Cid na cadeia de modo a torná-la menos insuportável, por que ver Duda se drogando, por que ver um porco de meias gastas e pau murcho sujo de cocô era um pretexto para mergulhar no abismo, traçando uma coreografia desesperada no espaço vazio até me espatifar lá embaixo, nesse fundo de poço que é como uma areia movediça, cuja gravidade me atrai como se minha mulher desse para meu melhor amigo no banheiro, como se eu fosse indiferente à solidão do meu pai alcoólatra, como se eu tivesse perdido a disputa para Duda e não ele para mim?

 Aí vi Laís mamando o enorme pau do coronel Renato e ainda bem que na mesma hora vi Rogerinho assistindo a tudo de longe, cheirando uma enorme carreira de Special K. Só muito doido eu poderia suportar a onda de desejo que invadiu os vasos cavernosos do meu pau. Só num vertiginoso mergulho às profundezas do inferno conseguiria administrar tanto desejo e tanto ódio ao mesmo tempo. Só mesmo lá dentro de mim, nesse vazio insuportável que tantas vezes tentei preencher com álcool e drogas, conseguiria suportar a memória de ver Ângela de quatro, sendo enrabada pelo mesmo Duda que agora estava enrabando Laís, a minha Laís, a Laís que só não foi minha porque, para ser minha, eu primeiro teria que entrar em contato com a cena primária, a última vez que desejei em minha vida, a visão de Ângela quase na mesma posição em que Laís estava e quase que com as mesmas pessoas. Não, nada a ver. O Duda tinha sido demitido. E o Tavinho não entrou na cena por causa da insolente da Cristina Xavier, que trocou a possibilidade de uma carreira brilhante por um amor romântico com um italiano babaca, que, bem feito, não durou cinco anos. O Cid estava lá, em meio aos meninos e meninas do Joviniano? E o policial amigo do Cid? Será que ele existe? Ele vai demorar muito a chegar e matar todos nós com a truculência que conheci nos pés do coronel havia apenas três dias, mas que agora parecia ter ocorrido no século passado?

Seria tão bom se alguém pudesse pôr um fim nisso tudo e eu não precisasse ver a indiferença de Laís e do coronel à minha presença ali, à súbita passagem de Tavinho pela suíte em que descobri o sexo de Mônica, às carreiras que Rogerinho batera para Duda cheirar sem perceber que estava com o pau todo melado de cocô. Se o policial amigo de Cid chegasse ali poderia enfim interromper aquela cena que na estrada para Búzios Tavinho me disse que só existia porque havia pessoas para observá-la, invejá-la ou mesmo aplaudi-la, já que não existe voyeurismo sem o prazer do exibicionista. Por favor, alguém chegue logo aqui, alguma catástrofe natural, alguma hecatombe, o holocausto, porque eu posso tudo, só não posso conviver com essa concentração total de Laís no pau de vasos cavernosos do coronel, que me coloca em contato com os momentos que mais desejei na vida, ainda que esse desejo seja um desejo perverso, que precisa de dor para se sustentar, assim como foi o desejo que senti por Ângela desde que descobrimos o sexo com múltiplos parceiros no andar superior do Don Juan.

Cheirei então minha primeira carreira de Special K, e depois disso não sei o que veio primeiro, o que veio por último. Sei apenas que em algum momento descobri que Duda fora intimado por Tavinho, que lhe deu a incumbência de saber por onde andava a musa do coronel Renato. Quem me disse que o coronel Renato havia sabido dela quando esteve preso, lendo uma matéria sobre strippers na época em que ela era a rainha do Cabaré Kalessa? Será que foi o Duda? Será que alguém me disse isso mesmo?, pergunto-me agora com as mãos geladas da overdose que se aproxima, o coração batendo mais rápido do que os cascos de um cavalo em desabalada carreira em um filme hollywoodiano.

Mas o que o Tavinho tinha a ver com o coronel Renato?, eu perguntei a alguém, talvez ao próprio Tavinho. Ah, agora lembro, foi ele mesmo que me disse que conheceu o coronel Renato na época em que seu irmão morreu num latrocínio que a polícia carioca jamais desvendou e que Tavinho se sentiu na obrigação de entender antes de assumir o lugar que devia ser de Rogério Junqueira Filho, pai de Rogério Junqueira Neto – o Rogerinho, que o enlouqueceu assim como a Junqueira Editores. A competência e a discrição com que o coronel Renato resolveu o caso levaram-no a convocá-lo agora, que estava querendo dar cabo de um Rogerinho que começara a fazer exigências absurdas depois da morte da pranteada Helena Junqueira, esposa de Rogério Junqueira, mãe de Rogério Junqueira Filho e avó de Rogério Junqueira Neto, o Rogerinho, que estava morrendo de overdose junto comigo e com Duda, na droga que o coronel Renato batizara antes de entregar ao Tavinho, que por sua vez a introduzira na clínica. E a Laís, que na verdade é Camila, que na verdade é Loreta? O que ia acontecer com ela? Ela não cheirou a mesma droga? Estaria morrendo por acaso? Existe acaso na vida do coronel Renato? E o que o coronel ia fazer com Cid quando sua droga começasse a fazer efeito? Como ia se livrar do principal estorvo na vida de Tavinho?

Tudo fora planejado pelo coronel, alguém me disse, acho que o Cid. Quando vi Duda no Tabá, ele realmente estava cheirando, mas sua verdadeira função ali era monitorar os passos de Laís, que localizara a mando de Tavinho e com o auxílio do Cid, com o qual se reconciliara quando percebeu que o lugar deixado vago no coração de Tavinho fora ocupado por mágoa, rancor e ódio. Isso, disse-me, acho, o Tavinho. Duda só ficara bonzinho com Cid porque ele, Tavinho, não tinha mais espaço para amigos, amores e afetos. Primeiro foi minha traição, depois a de Cid e, por fim, os inúmeros problemas com Rogerinho. Cuidar de Rogerinho era uma das principais tarefas do puxa-saco do Duda. Outra era ouvir os esporros de Tavinho.

Tavinho tinha se tornado um homem tão amargo como na época em que foi abandonado pela insolente da Cristina Xavier — aquela que teve a desfaçatez de dizer que eu era um chefe ausente e que por isso não me consultava. Resolveu então vender a editora e cuidar da vida, comer as bocetas que anteriormente achava que conquistava por ser um picão gostoso, mas que agora tinha cada vez mais consciência de que todas as mulheres são como Laís, putas cujos preços ele adora barganhar.

Desejou então a morte de todos nós – aqueles que sabiam que ele era um grande otário, que vivia comprando o afeto que nunca tivera dentro de casa, do doutor Rogério Junqueira que só tinha olhos para sua editora e para o filho que trazia consigo o nome do qual tanto se envaidecia, da dona Helena com quem aprendeu a se entupir de remédios tarja preta como único refúgio para o inferno que é a vida humana, seja do ponto de vista cristão, do ponto de vista marxista ou do ponto de vista existencial. A vida é um inferno, uma merda, um tédio. Podem perguntar ao Tavinho, que ele vai mostrar todos os livros do vasto catálogo de sua editora para provar que sim, a vida é uma merda e pode ser comprada por uma merreca.

Sair matando todo mundo, no fundo, é um desejo de todos nós, que vivemos neste vazio ao qual tentamos dar forma enquanto fazemos a grande transição entre nada e porra nenhuma, que talvez seja uma maneira mais coloquial para o bíblico "do pó vieste, ao pó retornarás". A diferença está no poder que Tavinho tem, que lhe permite ter uma editora, promover surubas em pousadas de luxo em Búzios para justificar sua presença em uma cujo final seja a morte de todas as pessoas que um dia tentaram fazê-lo de otário, como eu, Cid, Rogerinho e mais recentemente Duda, que, cansado de ser tratado como um cachorro, resolveu se bandear para a causa de Rogerinho e começou a municiá-lo com informações e documentos confidenciais. Caralho, esse tal de Special K panca mesmo. Mais dois tecos e vou achar que quem está chupando o pau do coronel é Ângela e não a putinha da Laís. Mais dois tecos e eu vou achar que abandonei meu pai alcoólatra em uma favela vertical na praia de Botafogo.

Por trás de Tavinho, havia um frio coronel Renato, que o orientou desde o dia em que parou de mandar a milionária mesada para Londres, determinando quando devia internar Rogerinho na clínica, que não à toa chegou ali quase que na mesma hora que Laís, que para o grupo era Camila e que na verdade era Loreta, uma rica rima para a boceta linda e careca com que sempre se defendeu da caridade de quem a detesta. Era assim que o coronel Renato preenchia o vazio que nós outros chamamos de inferno, jogando xadrez com o destino. Todos os lances eram pensados com uma incrível antecedência e, por isso, mesmo nas vezes em que perdia, ele nunca saía derrotado, como no caso da fuga de Laís com os seus dólares. Não sei como seria o fim do jogo entre o coronel e o policial amigo de Cid, mas era tão provável que chegassem a um acordo como hoje enfim ele ia se entender com a putinha da Laís. Um nasceu para o outro, eu constato só por constatar, sem a raiva que Duda estava sentindo por não ser adversário para esse time coeso, forte, imbatível. Eu não lamento nada. Não lamento sequer ter caído em tentação com Laís ou com o tequinho que Rogerinho bateu, no qual fui com a fissura da qual me imaginei livre muitas 24 horas antes. Como nunca deixei de ser drogado, não passava de mais uma fantasia de um homem para o qual só existirá a próxima dose, agora que tenho bem clara a única imagem que jamais suportei em minha vida: Ângela engasgada em seu próprio vômito e eu tentando ajudá-la, sem ter forças, no entanto, para me levantar e virar seu rosto de lado, para que não se afogasse da mesma forma estúpida como acontecera com o guitarrista Jimi Hendrix ou com o baterista John Bonham. Será que foi assim mesmo? Será que se Rogerinho esticasse outra linha, Tavinho voltaria para o quarto, reconciliando-se comigo, com o Cid, com o Duda e nós quatro iríamos mostrar que somos um por todos, todos por um? E o policial mancomunado com Cid, quando ele chega? Vai logo, Rogerinho, estica mais uma linha pra apressar a chegada dele e botar um fim nesta merda toda, inclusive a que está sujando o pau de Duda.

Pensei haver deletado essa imagem da minha memória até ver Laís nua, transando com quase tantos homens quanto Ângela em nossa última suruba, quando eu, mais drogado do que nas sessões anteriores, caí não sei se de bêbado ou de pó ou de bola ou de uma mistura de todas essas paradas. Mas mesmo depois das drogas que usei para anestesiar a insuportável dor que foi não poder fazer nada para salvá-la, e mesmo depois dos anos em que troquei minha capacidade de desejar pela memória de Ângela implorando por socorro, o fato estava ali, incólume, esperando apenas a abertura de uma pequena fresta para fugir de mim e ganhar a forma assustadora dos olhos injetados de Ângela e das minhas mãos, que só obedeceram às ordens do meu cérebro quando era tarde demais para salvar a única coisa pura que tive em minha vida, que foi o amor por Ângela. Ângela morreu naquela primeira noite no Don Juan, quando deixamos que nossas fantasias perversas maculassem o amor que sentíamos um pelo outro. Tudo o mais são formas assumidas transitoriamente por um caleidoscópio que faço questão de manter em constante mutação, pois ele é como a roleta que gira freneticamente até pousar sobre a cena primária, que explodirá sobre meus olhos como uma imagem produzida por uma droga lisérgica, com seus cacos pontiagudos.

Durante longos quinze anos, adiei o reencontro com o destino sabendo que a próxima dose era tão inevitável como uma vontade de fazer xixi ou como a cagada que vem sendo digerida na minha barriga, que só estava precisando de um estímulo, como ver uma rapa de cocaína, para explodir na minha cara. Aí eu vi Laís, que, como Ângela, só podia ser salva por mim, que, ai de mim, estava tão drogado que não pude fazer nada para salvá-la do próprio vômito, do material pútrido acumulado em suas vísceras até ser ejetado em um rio podre como o Tietê, tão pesado com suas cloacas que a gente até pensa que jamais alcançará o mar. Depois de dar o primeiro teco, lembrei de uma frase muito usada pelos perdedores de NA, que dizem "só por hoje eu recaio e só por hoje eu volto amanhã". Eu realmente recaio só por hoje, mas faz muitas 24 horas que sei que não volto amanhã.

Passar todo esse tempo limpo oferece inúmeras vantagens, como me controlar diante dos momentos mais difíceis ou perceber quando estou num movimento de recaída. Mas quinze anos limpos traz uma grande e trágica desvantagem. E estou falando de um porre no qual só por hoje vou cheirar tudo o que não cheirei todo esse tempo. E assim não tem quem possa voltar amanhã.

Copyright © 2012 by Julio Ludemir

Direitos desta edição reservados à
EDITORA ROCCO LTDA.
Av. Presidente Wilson, 231 – 8º andar
20030-021 – Rio de Janeiro – RJ
Tel.: (21) 3525-2000 – Fax: (21) 3525-2001
rocco@rocco.com.br
www.rocco.com.br

Printed in Brazil/Impresso no Brasil

Preparação de originais
ROSANA CAIADO

CIP-Brasil. Catalogação na fonte.
Sindicato Nacional dos Editores de Livros, RJ.

L975s Ludemir, Julio, 1960-
       Só por hoje/Julio Ludemir.
      – Rio de Janeiro: Rocco, 2012.

      ISBN 978-85-325-2800-1

      1. Romance brasileiro. I. Título.

               CDD–869.93
12-6101   CDU–821.134.3(81)-3

Este livro foi impresso na Editora JPA Ltda.,
Av. Brasil, 10.600 – Rio de Janeiro – RJ
para a Editora Rocco Ltda.